Hans Wolf

Karte und Kroki

Hans Wolf

Karte und Kroki

ISBN/EAN: 9783337362928

Hergestellt in Europa, USA, Kanada, Australien, Japan

Cover: Foto ©Andreas Hilbeck / pixelio.de

Weitere Bücher finden Sie auf **www.hansebooks.com**

Mathematisch-Physikal. Bibliothek

Gemeinverständliche Darstellungen aus der Mathematik und Physik für Schule und Leben. Unter Mitwirkung von Fachgenossen herausgegeben von

Dr. **W. Lietzmann**

Direktor an der Oberrealschule zu Jena

und

Dr. **A. Witting**

Studienrat, Gymnasialprofessor in Dresden

Fast alle Bändchen enthalten zahlreiche Figuren
In Kleinoktavbändchen kartoniert je M. –.80

Die Sammlung, die in einzeln käuflichen Bändchen in zwangloser Folge herausgegeben wird, bezweckt, allen denen, die Interesse an den mathematisch-physikalischen Wissenschaften haben, es in angenehmer Form zu ermöglichen, sich über das gemeinhin in den Schulen Gebotene hinaus zu belehren. Die Bändchen geben also teils eine Vertiefung solcher elementaren Probleme, die allgemeinere kulturelle Bedeutung oder besonderes wissenschaftliches Gewicht haben, teils sollen sie Dinge behandeln, die den Leser, ohne zu große Anforderungen an seine Kenntnisse zu stellen, in neue Gebiete der Mathematik und Physik einführen.

Bisher sind erschienen (1912/17):

1. **Ziffern und Ziffernsysteme bei den Kulturvölkern in alter und neuer Zeit.** Von *E. Löffler.*

2. **Der Begriff der Zahl in seiner logischen und**

Von *G. Wolff.*

22. **Soldaten-Mathematik.** Von *A. Witting.*

23. **Theorie und Praxis des Rechenschiebers.** Von *A. Rohrberg.*

24. **Die mathemat. Grundlagen der Variations- u. Vererbungslehre.** Von *P. Riebesell.*

25. **Riesen und Zwerge im Zahlenreiche.** Von *W. Lietzmann.*

26. **Methoden zur Lösung geometrischer Aufgaben.** Von *B. Kerst.*

27. **Karte und Kroki.** Von *H. Wolff.*

28. **Die Funktionsleiter.** Erster Teil einer Einführung in die Nomographie. Von *P. Luckey.*

In Vorbereitung:

A. Baruch, Tag und Stunde. · **W. Dieck**, Nichteuklidische Geometrie. · **Pfeifer**, Photogrammetrie. · **H. E. Timerding**, Der goldene Schnitt. · **K. Doehlemann**, Mathematik und Architektur.

Verlag von B. G. Teubner in Leipzig und Berlin

MATHEMATISCH-PHYSIKALISCHE BIBLIOTHEK

HERAUSGEGEBEN VON **W. LIETZMANN** UND **A. WITTING**

27

KARTE UND KROKI

VON

Dr. H. WOLFF

STÄNDIGER ASSISTENT UND DOZENT
AN DER TECHNISCHEN HOCHSCHULE
BERLIN-CHARLOTTENBURG

MIT 47 FIGUREN
IM TEXT

1917

LEIPZIG UND BERLIN

VERLAG UND DRUCK VON B. G. TEUBNER

ÜBERSETZUNGSRECHTS, VORBEHALTEN

VORWORT

Das vorliegende 27. Bändchen der mathematisch-physikalischen Bibliothek soll, entsprechend seinem Titel, im ersten Teile einen Überblick über alle Arbeiten geben, welche zur Herstellung einer Karte nötig sind. Mit Rücksicht auf den Leserkreis, dem es zugedacht ist, wurden nur die einfachsten vermessungstechnischen Methoden eingehender angegeben, bei denen nur geringe mathematische Kenntnisse vorausgesetzt werden. Auf schwierigere geodätische Messungen und die Hilfsmittel bei diesen konnte nur kurz hingewiesen werden.

Der zweite Teil beschäftigt sich mit der Anfertigung von Krokis und Skizzen. Im wesentlichen handelt es sich dabei um die Messung und Zeichnung von Entfernungen, Winkeln und Höhenunterschieden, wobei wiederum nur die einfachsten Methoden in Betracht kommen können. Mit Rücksicht auf den Umfang des Bändchens wurde nach Kürze, aber doch nach Klarheit des Ausdrucks gestrebt, um Vollständigkeit der Angaben zu erreichen.

Angeregt wurde ich zu dem kleinen Werk durch mehrmonatige Tätigkeit als Vermessungsbeamter im Felde und durch Vorträge, die ich 1916 für das Generalkommissariat Brandenburg und in einem vom preußischen Kultusministerium für die Zeichenlehrer an höheren Schulen veranstalteten Geländezeichenkursus gehalten habe.

Auch der ministerielle Erlaß, durch den der Unterricht im Kartenlesen, Skizzieren und Krokieren auf den höheren Schulen eingeführt wird, war maßgebend für den Entschluß zur Bearbeitung eines Bändchens, das die in den bekannten »Richtlinien« für die Ausbildung der Jungmannen angegebenen Kenntnisse über Karte und Kroki in leichtverständlicher Form entwickelt.

Berlin, Januar 1917.

H. Wolff.

INHALT

11

ERSTER TEIL
DIE TOPOGRAPHISCHE KARTE

ABSCHNITT 1. GRUNDBEGRIFFE UND EINTEILUNG DER KARTEN

§ 1. **Begriff der Karte.** Der Name »Karte« stammt von dem lateinischen »charta« ab, das ursprünglich »Brief, Bericht, Urkunde« bedeutete. Seit dem 14. Jahrhundert wird »charta« aber auch schon als Bezeichnung für eine Landkarte verwendet. Seit dieser Zeit ist der Name »Charte« geblieben, und nur die Schreibweise hat sich geändert.

Unter einer Karte versteht man die zeichnerische, verjüngte Darstellung eines Teiles der physischen Erdoberfläche, die nach Lage (Situation) und Höhe zum Ausdruck gebracht werden soll. Man erreicht dies, indem man die einzelnen Punkte der physischen Erdoberfläche auf eine Grundfläche, die mathematische Erdoberfläche oder den ideellen Meeresspiegel, lotrecht projiziert. Dadurch würden also zunächst die Punkte in der Projektion gegeneinander ihrem *Abstande* nach und die Flächen ihrer *Ausdehnung* nach festgelegt sein. Es ist nun Aufgabe der Kartographie, den Verlauf der Erdoberfläche auch der Höhe nach darzustellen, und das geschieht, indem man die *Höhen*[1] (*Koten*) der Punkte, d. h. ihre senkrechten Abstände von dem Meeresspiegel (der Projektionsfläche) neben die Projektionen schreibt und dann weiter das Erdrelief durch Höhenlinien und bestimmte Schraffiermethoden zur Vorstellung zu bringen sucht. Eine weitere Aufgabe der Kartographie ist es, die Figuren auf der gekrümmten, ellipsoid- oder kugelförmigen mathematischen Erdoberfläche, in der Kartenblatt*ebene* möglichst längen-, flächen- und winkeltreu zur Abbildung zu bringen.

Eine Karte ist demnach der auf einer Kartenblattebene maßstäblich verkleinert gezeichnete Grundriß mit Höhendarstellung eines auf die mathematische Erdoberfläche projizierten Teiles der physischen Erdoberfläche oder kürzer nach Rothe: »*Eine Karte mit Höhenangaben ist eine geometrische Grundrißdarstellung eines Geländes durch kotierte Projektionen.*«

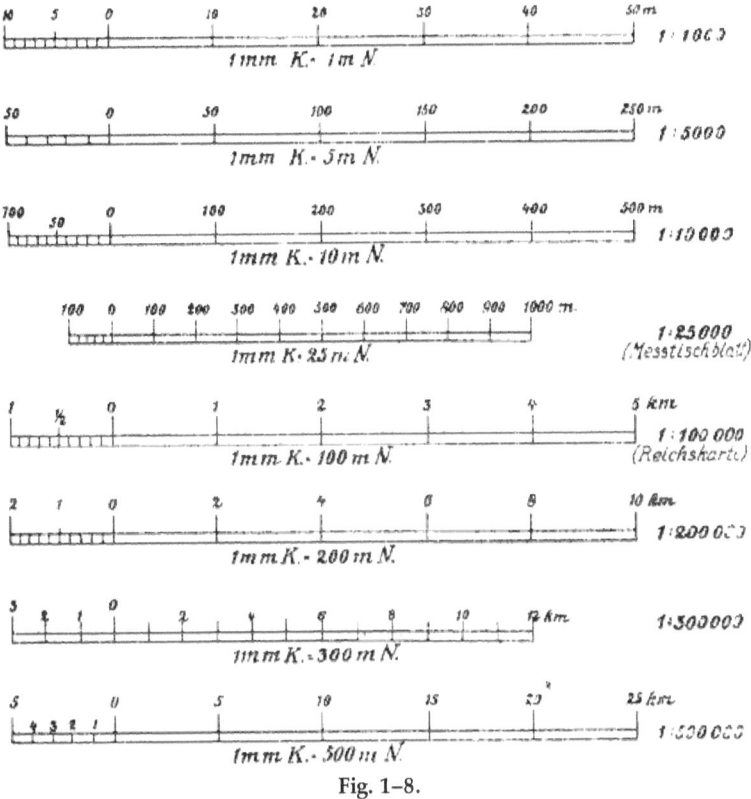

Fig. 1–8.

Man teilt nun die Karten nach dem Maßstab und nach dem Inhalt ein. *Maßstab* ist das Maß der Verkleinerung oder Verjüngung der Karte im Vergleich zur Natur.

Für *Längen L* gilt also:

$$L_K : L_N = 1 : m,$$

wobei K Karte und N Natur bedeutet; z. B. bei $1 : m = 1 : 25\,000$ sind 1000 m in der Natur auf der Karte nur 4 cm lang, denn

$$L_K = {}^{1000\ m}/_{25\,000} = 4\ \text{cm}.$$

Ist umgekehrt $L_K = 2{,}5$ cm, dann ist

$$L_N = 2{,}5\ \text{cm} \cdot 25\,000 = 625\ \text{m}.$$

Für *Flächen F* gilt:

$$F_K : F_N = 1 : m^2;$$

z. B. die Fläche eines Waldes sei auf der Karte $1 : 25\,000$ in natürlichem Maßstab 4 qcm groß. Dann ist in Wirklichkeit

$$F_N = F_K \cdot m^2$$
$$F_N = 4\ \text{qcm} \cdot 25\,000 \cdot 25\,000$$

d. h. $F_N = 2\,500\,000\,000$ qcm $= 0{,}25$ qkm.

Auf jede Karte wird zur Vereinfachung der Maßstab gezeichnet bzw. aufgedruckt. Man unterscheidet Längen- oder Linearmaßstäbe (Fig. 1–8) und Transversalmaßstäbe (Fig. 9). Um den Maßstab einer Karte, d. h. das Verhältnis $1 : m$ festzustellen, braucht man nur eine Länge zwischen zwei festen Punkten auf der Karte mit einem Millimeterstab abzugreifen und mit der wirklich abgemessenen Länge zu vergleichen. Es mögen z. B. 4 cm einer Länge von 1000 m zwischen zwei Punkten entsprechen, dann ist der Maßstab 4 cm : 10 0000 cm = 1 : 25 000. Bei allen Umrechnungen ist es zweckmäßig, von der Einheit auszugehen.

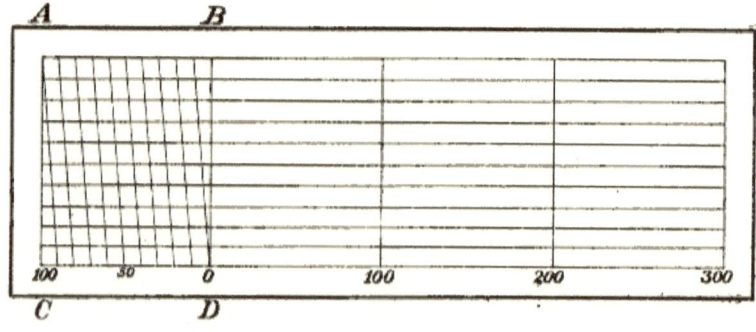

14

Fig. 9.

§ 2. **Einteilung der Karten nach dem Maßstabe.** Hier unterscheidet man 1. topographische, 2. geographische Karten. Die topographischen Karten sind in allen Einzelheiten das Erzeugnis der Geodäten und Topographen und beruhen auf Aufnahmen an Ort und Stelle. Diese werden je nach dem Zweck, dem sie dienen sollen, mit feineren oder mit einfacheren Meßinstrumenten erfolgen, und auch der Maßstab der Karte wird diesem Zweck entsprechend gewählt werden. Zu 1 gehören:

a) Detailkarten oder Pläne in 1 : 500 bis 1 : 10 000; Katasterkarten, Stadtpläne, Stromkarten, Pläne zu technischen Zwecken usw.

b) Topographische Spezialkarten von 1 : 10 000 bis 1 : 200 000; z.B. Meßtischblätter 1 : 25 000, Karte des Deutschen Reiches 1 : 100 000, Spezialkarte der österreichisch-ungarischen Monarchie 1 : 75 000 in 832 Blatt, topographischer Atlas von Bayern 1 : 50 000, Karte von Frankreich 1 : 80 000, von Italien 1 : 100 000, von England 1 : 63 360, von Rußland 1 : 126 000.

c) Topographische Übersichtskarten 1 : 200 000 bis 1 : 500 000. Reymannsche Karte von Mitteleuropa 1 : 200 000, topographische Übersichtskarte des Deutschen Reiches 1 : 200 000, Übersichtskarte von Mitteleuropa 1 : 300 000, Vogels Karte des Deutschen Reiches 1 : 500 000, österreichische Generalkarte von Mitteleuropa 1 : 200 000, französische Karte 1 : 320 000.

2. Die geographischen Karten von dem kleinsten Maßstab bis 1 : 500 000. Sie sollen von einzelnen Teilen der Erdoberfläche nur die hauptsächlichsten Eigenschaften jeder Örtlichkeit hervorheben, so daß ein Gesamtbild entsteht, bei dem es weniger auf die topographischen Einzelheiten

15

ankommt. Sie sind mehr das Ergebnis wissenschaftlicher, kritischer Arbeit, die das Wesentliche von dem Unwesentlichen unterscheiden soll und beruhen nicht durchweg auf *Aufnahmen* an Ort und Stelle. Man unterscheidet:

a) Geographische Spezialkarten 1 : 500 000 bis 1 : 50 000 000. Europäische Großstaaten 1 : 500 000 bis 1 : 1 000 000, außereuropäische Erdteile 1 : 10 000 000 bis 1 : 50 000 000.

b) Geographische Übersichtskarten 1 : 10 000 000 bis 1 : 50 000 000. Sie stellen ganze Länder und Erdteile möglichst auf einem Blatt dar. Asien 1 : 30 000 000, Afrika, Nord- und Südamerika 1 : 20 000 000, Europa und *Australien* 1 : 10 000 000.

Bisher sind nur die *Land*karten erwähnt worden. Bei den *See*karten unterscheidet man Küstenkarten, Segel- oder Kurskarten, Übersichtskarten.

§ 3. **Einteilung der Karten nach dem Inhalt.** Hier unterscheidet man: geologische, hydrographische, orographische, ethnographische Karten, Verkehrskarten, politische, administrative und historische Karten, statistische Karten, meteorologische, erdmagnetische, klimatologische Karten usw.

ABSCHNITT 2. ARBEITEN ZUR HERSTELLUNG DER KARTEN

KAPITEL 1. DIE TRIGONOMETRISCHEN ARBEITEN

§ 4. **Die Netzlegung.** Alle Generalstabskarten sind das Ergebnis einer genauen Landesaufnahme, die zunächst wohl aus strategischen, dann aber auch aus staatswirtschaftlichen, technischen und wissenschaftlichen Gründen ausgeführt wird. Man kann bei jeder Landesaufnahme mehrere Arbeitsabschnitte unterscheiden, nämlich die trigonometrischen, topographischen und kartographischen Arbeiten. In Preußen werden diese ausgeführt von der *Königl. Preußischen Landesaufnahme* (1865 gegründet), welche dem Generalstab angegliedert ist und entsprechend der genannten Einteilung in die trigonometrische, topographische und kartographische Abteilung zerfällt.

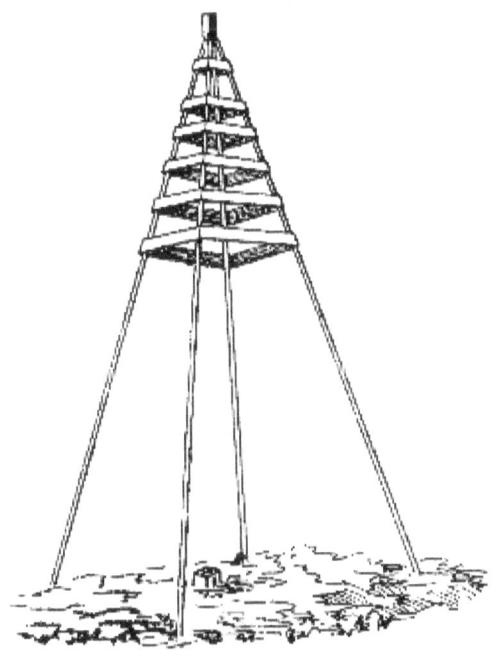

Fig. 10.

Die Grundlage einer jeden Landesvermessung bildet ein Netz von möglichst gleichseitigen Dreiecken, welches über das ganze Land gelegt wird. Man nennt diese Arbeit *Triangulation*. Je nach der Entfernung der Netzpunkte voneinander unterscheidet man Netze 1., 2., 3. und 4. Ordnung. Bei der 1. Ordnung sind die Dreiecksseiten über

17

20 km, bei der 2. Ordnung 10–20 km, bei der 3. Ordnung 3–10 km und bei der 4. Ordnung unter 3 km lang. Um die Punkte bei den großen Entfernungen gegenseitig sichtbar zu machen, ist es nötig, sie auf die höchsten Erhebungen zu legen oder Kirchtürme als Punkte zu wählen. Auch sollen die Dreiecke eine möglichst günstige Form erhalten. Es wird also der Netzlegung eine *Erkundung* vorausgehen müssen. Sind die Punkte ausgewählt, dann werden sie, wenn nötig, durch Signale aus Holz bezeichnet. Bei 20 m hohen Signalen verwendet man seit 1898 Holzgerüste in der Form achtseitiger abgestumpfter Pyramiden beim Unterbau (Sockelsignale), sonst einfache Gerüste (Fig. 10). Senkrecht unter der Spitze wird ein quadratischer, etwa 1 m langer Stein mit eingemeißeltem Kreuz so eingegraben, daß er noch 1–2 dcm aus dem Boden herausragt. Der Mittelpunkt des Kreuzes ist dann der dauernd festgelegte trigonometrische Punkt, der auch noch unter dem Stein durch eine Platte mit Kreuz vermarkt wird.

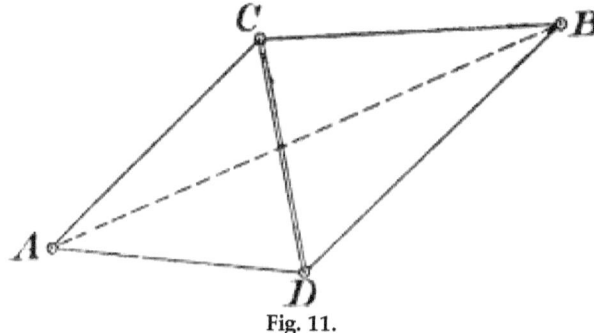

Fig. 11.

§ 5. **Die Basismessung.** Zur Berechnung der Seiten eines Dreiecks braucht man eine Ausgangsseite und zwei Winkel. Es müßte also bei einer Triangulation zunächst eine Dreiecksseite gemessen werden. Diese selbst zu messen, ist aber schwer möglich, und so begnügt man sich mit der Messung einer kurzen Linie (*Basis*) von mehreren Kilometern (Berliner Basis ca. 8 km), die man durch ein

18

Basisnetz mit der Hauptseite des Dreiecks verbindet (Fig. 11). Diese (*AB*) wird dann aus der gemessenen Basis (*CD*) berechnet. Die *Basismessung* wird mit einem besonderen Apparat ausgeführt. In Preußen verwendet man den Basisapparat von Bessel (1789–1845). Er besteht aus vier Stangen und jede Stange aus einem nahezu 4 m langen Eisenstabe mit darüber lagerndem Zinkstab, die zum Schutze gegen äußere Einflüsse in einem Holzkasten ruhen. Die genaue Länge der Stäbe bzw. ihre Gleichung für eine bestimmte Temperatur wird vorher auf einem besonderen Vergleichapparat (Komparator) mit Normalmetern bestimmt. Bei der Messung selbst werden die Stangen nicht aneinander gelegt; es wird ein Zwischenraum gelassen und dieser wird mit einem Keil gemessen. Auch werden die Stangen nicht auf den Boden gelegt, sondern auf Böcke. Die Neigung gegen den Horizont wird mit einer Libelle bestimmt. Auch die Temperatur muß gemessen werden. Die Durchschnittsleistung am Tage beträgt etwa 2 km. In den Kolonien hat man mit gutem Erfolge statt des Basisapparates *Jäderin-* oder *Invardrähte* für Basismessungen verwendet. Diese sind 24 m lang und bestehen aus einer Nickelstahllegierung (64% Stahl, 36% Nickel), die gegen Temperatureinflüsse nahezu invariabel ist. An den Enden laufen die Drähte in eine in Millimeter geteilte Skala aus. Bei der Messung werden sie auf Stative gelegt und durch ein 10 kg-Gewicht gleichmäßig gespannt. Auch ihre Länge ist vorher mit Normalmetern genau bestimmt (normiert). Nach der Messung werden sie auf Spulen aufgerollt. Die Geschwindigkeit der Messung beträgt etwa 5 km am Tage. Die Genauigkeit der Basismessung wird nach dem mittleren Fehler beurteilt. Er beträgt auf den Kilometer noch nicht ± 1 mm.

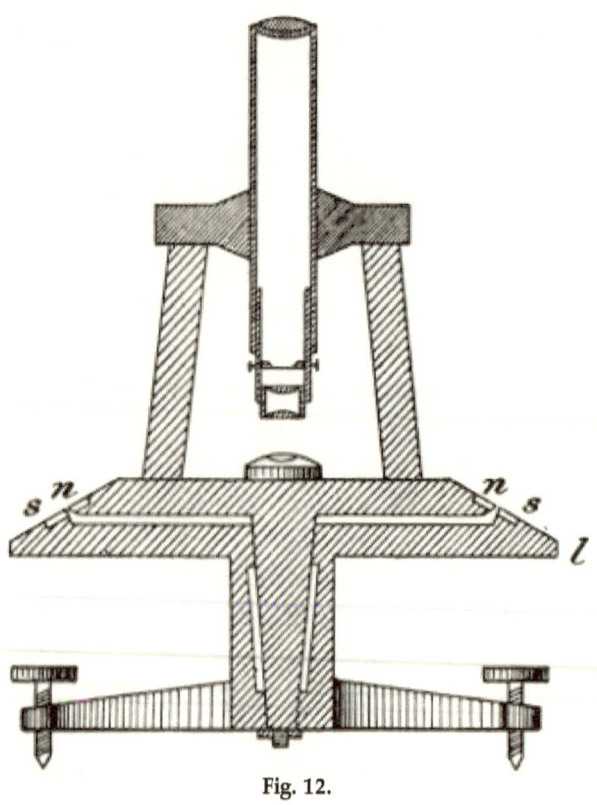

Fig. 12.

§ 6. **Die Winkelmessung** wird auf *jedem* Dreieckspunkt
ausgeführt, um eine Probe im Dreieck zu haben; denn die
Winkelsumme muß bei einem Dreieck auf der Kugel 180° +
sphärischem Exzeß, in der Ebene 180° sein. Zur Messung
benutzt man einen *Theodolit,* dessen einfachste Form in Fig.
12 im Schnitt dargestellt ist. Der Dreifuß aus Metall mit den
drei Stell- oder Fußschrauben erweitert sich nach oben zu
einer konisch ausgebohrten Hohlachse oder Büchse. Die
Mittellinie derselben nennt man Stehachse. Rechtwinklig zu
ihr ist der Horizontalkreis *l* aus Metall angebracht, der auf
einem eingelegten silbernen Rand *s* (Limbus) die Teilung
trägt. Der Limbus ist meistens in 360° (sexagesimal)
eingeteilt und ein Grad wieder in zwei oder drei Teile, jeder

Teil zeigt also 30′ oder 20′ an. Bei feineren Instrumenten findet man auch vier und sechs Unterteile, also 15′ und 10′. Je feiner die Unterteilung ist, desto größer ist der Durchmesser des Kreises. Er schwankt zwischen 8 und 27 cm. In der Hohlachse steckt drehbar ein konischer Zapfen aus Stahl mit einer Platte (Alhidade), die mit zwei gegenüber liegenden Nonien n versehen ist. Diese Nonien sollen die feinere Ablesung des Limbus ermöglichen, also mindestens Minuten angeben. Bei größerem Durchmesser des Limbus und bei feinerer Unterteilung desselben beträgt die Angabe des Nonius 30″, 20″ und 10″. Bei den besten geodätischen Instrumenten verwendet man statt der Nonien Schätz- und Schraubenmikroskope, die Ablesung auf Sekunden (″) gestatten. Die Unterteilung des Limbus geht dann bis auf $^1/_{12}$°, d. h. 5′.

Auf der Alhidade erheben sich die Fernrohrträger, in deren Lagern das Fernrohr mit der Kippachse ruht. Forderung bei der Winkelmessung ist, daß das Fernrohr beim Kippen vertikale Ebenen beschreibt. Dazu muß zunächst die Stehachse lotrecht stehen und dann die Kippachse wagerecht und ferner die Zielachse oder Kollimationsachse rechtwinklig zur Kippachse sein. Die Stehachse wird nahezu lotrecht gestellt, indem man eine auf der Alhidade angebrachte justierte Dosenlibelle (Fig. 12) mit den Fußschrauben zum Einspielen bringt. Die Kippachse wird wagerecht gestellt, indem man bei lotrechter Stehachse eine auf ihr ruhende justierte Reiterlibelle durch Heben oder Senken der Kippachse zum Einspielen bringt. Die Zielachse wird rechtwinklig zur Kippachse gestellt durch Anzielen eines Fernpunktes vor und nach dem Durchschlagen des Fernrohrs und Ablesen am Kreis. Unter Zielachse versteht man die Verbindung von optischem Mittelpunkt des Objektivs und Kreuzungspunkt der Fäden, die am »Diaphragma« angebracht sind.

Im einzelnen soll hier auf diese und andere Justiermethoden nicht eingegangen werden. Bemerkt sei nur noch, daß diese »Achsenfehler« auch durch die *Anordnung der Winkelmessung* (*Kompensation*) ohne Justierung unschädlich gemacht werden können, indem man jedes Ziel bei lotrechter Stehachse in zwei »Fernrohrlagen«, vor und nach dem Durchschlagen des Fernrohrs, beobachtet und aus den jedesmaligen Ablesungen das Mittel bildet. Zu diesen Fehlern gehört auch eine etwaige seitliche Stellung (Exzentrizität) der Zielachse gegen die Mitte der Alhidade. Zu den kompensierbaren Fehlern gehört ferner die Exzentrizität der Alhidadenachse, wenn die Mittellinie des Zapfens der Alhidade nicht mit der Mitte des Limbus zusammenfällt. Sie wird getilgt durch Mitteln der Ablesungen an den beiden um 180° voneinander abstehenden Nonien.

Die Feineinstellung der Zielachse auf den Zielpunkt erfolgt durch die Mikrometerschraube, nachdem vorher durch die Klemmschraube die Alhidade an den Limbus geklemmt wurde. Auch am Fernrohrträger ist eine ähnliche Vorrichtung für die Kippbewegung angebracht. Das Instrument wird beim Beobachten auf ein Stativ gesetzt, mit dessen Teller es durch einen »Stengelhaken« verbunden wird. Die zentrische Aufstellung über dem Punkt erfolgt durch ein Lot.

Außer dem »einfachen Theodolit« unterscheidet man noch den »*Doppelachsen-*« oder »*Repetitionstheodolit*«, bei welchem auch der Horizontalkreis um eine besondere Achse drehbar ist. Durch besondere Klemm- und Feinschrauben können dann sowohl Limbus und Alhidade vereint in der Dreifußbüchse, als auch die Alhidade für sich in der »Limbustülle« gedreht werden, so daß es möglich ist, einen Winkel durch Aneinanderlegen öfter zu messen, zu repetieren bzw. das Vielfache desselben zu erhalten. Wegen der geringen Zahl der Ablesungen, die nur bei der ersten und letzten Einstellung nötig sind, wird diese »Repetitionsmethode« bei Instrumenten mit grober Nonienangabe (etwa 1′ und 30″), also geringer Ablesegenauigkeit, angewendet. Außer dieser Methode wird namentlich bei einer größeren Anzahl von stets sichtbaren Zielen und bei bequemen und festen Standpunkten, gleicher Ablese- und Zielgenauigkeit, die Methode der *Richtungsmessung* verwendet, bei der die einzelnen Ziele der *Reihe nach* in beiden Lagen des Fernrohrs (in einem *Satz*) angezielt und bei *jeder* Einstellung Ablesungen an beiden Nonien gemacht werden. Zur Erhöhung der Genauigkeit werden mehrere Sätze angeordnet und zur Herabminderung des Einflusses der *Kreisteilungsfehler* wird dann bei Beginn eines neuen Satzes der Kreis um 180°/Anzahl der Sätze verstellt. Ferner werden die Ziele nach dem Durchschlagen in umgekehrter Reihenfolge anvisiert, um die Wirkung etwaiger durch die Sonnenwärme verursachter *Drehungen des Stativs* zu beseitigen. Trotz dieser Umkehr der Zielfolge wird doch stets rechtsläufige Drehung der Alhidade beibehalten, um den Einfluß eines *Mitschleppens* des Limbus zu tilgen.

Als Beispiel sei eine einfache Winkelmessung angegeben.

Standpunkt 2

Ziel	Nonius I			Nonius II			Mittel			Richtung		
	°	′	″	°	′	″	°	′	″	°	′	
1	15	16	30	195	16	00	15	16	15	0	00	(
3	176	20	00	356	20	30	176	20	15	161	04	(
				Fernrohr durchgeschlagen								
3	356	20	30	176	21	00	356	20	45	161	05	(
1	195	15	30	15	16	00	195	15	45	0	00	(

Der Winkel 1–2–3 ist demnach gleich 161° 04′ 30″. Die

Genauigkeit der Winkelmessung bei der Landesaufnahme beträgt ± 0,5″.

Bemerkt sei noch, daß zur Signalisierung entfernter Dreieckspunkte das »Heliotrop« verwendet wird, bei dem das Sonnenlicht durch einen drehbaren Spiegel nach dem Punkt reflektiert wird, auf dem der Beobachter mit dem Instrument steht. Dasselbe wurde 1821 von Gauß erfunden. Die Landesaufnahme benutzt heute das Heliotrop von Bertram, das einfacher und leichter zu handhaben ist wie das von Gauß.

Bei sehr großen Entfernungen reicht selbst Heliotroplicht nicht aus; man verwendet dann elektrische Signale (z. B. bei der Verbindungstriangulation Europa–Afrika).

§ 7. **Die Berechnung.** Zunächst wird die schräg gemessene Basislänge auf den Messungshorizont und dann auf den Meeresspiegel reduziert. Mit dieser Basis wird weiter aus dem Basisnetz die Länge einer Dreiecksseite berechnet. Ferner werden in den einzelnen Dreiecken die Winkel auf 180° + E abgestimmt (ausgeglichen), wobei E den sphärischen Exzeß bezeichnet. Durch Berechnungen, die im wesentlichen auf dem Sinussatz beruhen, werden dann die einzelnen Längen der Dreiecksseiten berechnet. Es ist nun zunächst die Aufgabe der Triangulation, der auf sie folgenden topographischen Meßtischaufnahme als *Unterlage* die *geographischen Koordinaten* (Länge und Breite) der trigonometrischen Punkte zu geben. Dazu braucht man aber die Länge und Breite eines Anfangspunktes und weiter die Neigung (das Azimut) einer Anfangsseite gegen die astronomische Nordrichtung. Die Bestimmung geschieht in beiden Fällen auf astronomischem Wege. Als Anfangspunkt galt bisher für Preußen der Punkt *Rauenberg* bei Berlin und als Anfangsneigung die der Seite *Rauenberg–Marienkirche*. Für den Rauenberg soll der *Telegraphenberg* bei Potsdam eintreten. Mit diesen Elementen werden dann durch »*geodätische*

Übertragung« die geographischen Koordinaten der anderen Punkte des Netzes berechnet. Ein einfaches Beispiel aus der Geometrie der Ebene möge die Berechnungen andeuten (Fig. 13).

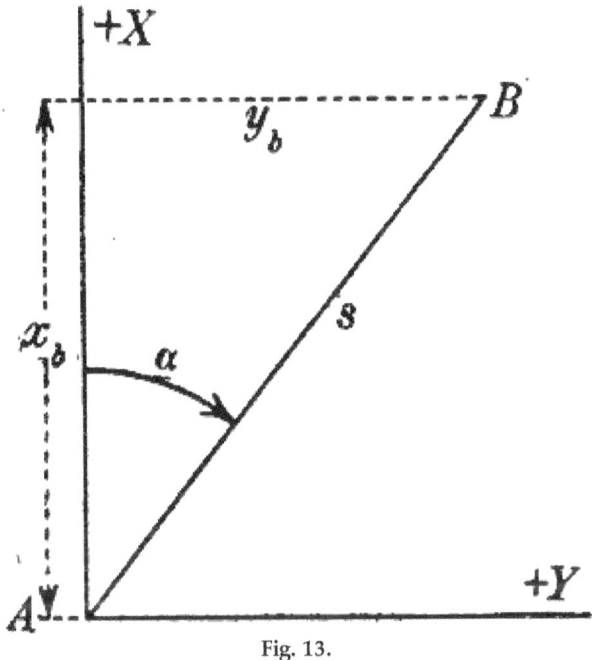

Fig. 13.

Es sei *A* Nullpunkt (Anfangspunkt) des rechtwinkligen ebenen Achsensystems, die + X-Achse (Abszissenachse) sei nach Norden, die + Y-Achse (Ordinatenachse) sei nach Osten gerichtet. Dann sind die ebenen Koordinaten von *B*:

$$y_b = s \cdot \sin \alpha, \; x_b = s \cdot \cos \alpha.$$

Die Strecke *s* und die Neigung α mögen gegeben sein. Bei der Triangulation sind die Seiten *s* aus der Berechnung der Dreiecke bekannt, α als Anfangsneigung wird astronomisch bestimmt, ebenso sind die geographischen Koordinaten von *A* astronomisch bestimmt. Die Neigungen der folgenden Seiten werden mit Hilfe der gemessenen Winkel berechnet.

25

Die geographischen Koordinaten der Punkte werden von der Landesaufnahme auf drei und vier Stellen nach dem Komma in der Sekunde, also auf $^1/_{1000}''$ und $^1/_{10\ 000}''$, angegeben, d. h. auf einige Zentimeter genau; denn $1''$ entspricht einer Länge von 31 m, z. B. Sternwarte Berlin:

Breite 52° 30′ 16,6813″

Länge 31° 03′ 41,2489″ östl. von Ferro.

Greenwich liegt 17° 39′ 57,6″ östl. von Ferro.

Seit 1865 sind von der trigonometrischen Abteilung rund 69 000 trigonometrische Punkte bestimmt worden. Auf 100 qkm entfallen rund 20 Punkte.

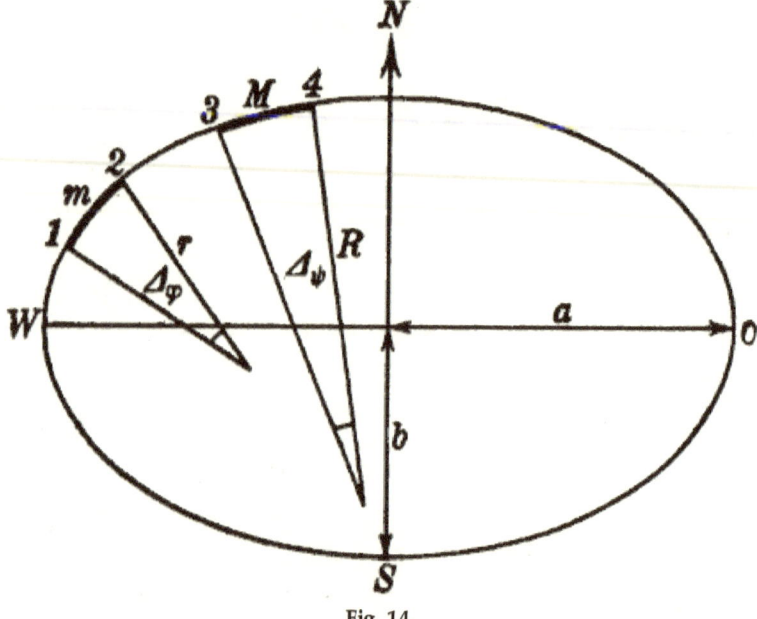

Fig. 14.

Für die Wissenschaft hat die Triangulation den Zweck, die Figur und Größe der mathematischen Erdoberfläche zu bestimmen. Wir wissen heute, daß die Erdfigur, dargestellt durch die Meeresoberfläche, ein an den Polen abgeplattetes Rotationsellipsoid ist (Fig. 14). Die Punkte 1 und 2 mögen in der Nähe des Äquators, die Punkte 3 und 4 nahe am Pol liegen. Die Polhöhenunterschiede $\Delta\varphi$ und $\Delta\psi$ betragen rund 1°. Dann müssen bei einer *Ellipse* (Ellipsoidschnitt im Meridian) die zugehörigen Bogen M und m ungleich sein: $M > m$, denn bei W ist die Krümmung der Kurve stärker wie bei N. Der Krümmungsradius r ist demnach $<$ als R. Für den Krümmungsradius gibt es bestimmte Formeln, in denen die Halbachse a und die numerische Exzentrizität $e = \sqrt{(a^2 - b^2)/a^2}$ vorkommen. b ist dabei die kleine Halbachse der Ellipse. Drückt man r und R durch m und M und die Winkel $\Delta\varphi$ und $\Delta\psi$ aus, dann erhält man zwei Gleichungen mit den Unbekannten a und e, die man also berechnen kann, denn M und m sind aus Triangulationen als Längen zwischen zwei Punkten im Meridian bekannt, die um 1° in *Breite* auseinanderliegen. Man nennt derartige Messungen deshalb auch Breitengradmessungen. Um die Streitfrage über die Erdgestalt einwandfrei zu lösen, wurde 1735–41 unter Bougner eine Expedition nach Peru und 1736–37 eine andere unter Celsius und Clairaut nach Lappland ausgerüstet, die feststellten, daß in Peru in – 1° 31' mittlerer Breite ein Gradbogen 56 736 Toisen (1 Toise = 1,949 m), in Lappland unter + 66° 20' mittlerer Breite 57 438 Toisen lang sei. Damit war die Ellipsoidgestalt der Erde erwiesen und auch Übereinstimmung erzielt mit der Gravitationstheorie von Newton und Huygens. Es ist klar, daß die Bestimmung von a, e und b, d. h. der grundlegenden Dimensionen des Erdellipsoids, um so genauer wird, je mehr Gradmessungen an verschiedenen Punkten der Erdoberfläche ausgeführt werden. Als solche sind noch zu nennen: die Gradmessungen in Ostindien (1790, 1802), in Frankreich 1792–1808 zur Einführung des metrischen Maßsystems, in England 1783, in Hannover durch Gauß 1821–23, in Dänemark 1816 durch Schumacher, in Ostpreußen 1831–38 durch Bessel und Baeyer, in Rußland durch Struve 1821–31. Alle diese Messungen vereinigte Bessel, um seine *Dimensionen* zu berechnen. Nach ihm ist:

$$a = 6\,377\,397 \text{ m.}$$
$$b = 6\,356\,079 \text{ m.}$$

Exzentrizität $e = 0{,}081\,697.$

Abplattung $p = 1/299 = (a - b)/a.$

Meridianquadrant $= 10\,000\,856 \text{ m.}$

Ein Äquatorgradbogen $= 111\,307 \text{ m.}$

Eine geographische Meile $= {}^{1}/_{15}$ Äquatorgrad $= 7420 \text{ m.}$

Radius der Erde $= 6370 \text{ km.}$

Nach den neuesten Forschungen von Helmert (Potsdam) und Hayford (Nordamerika) ergeben sich unter Benutzung von Schweremessungen

$$p = {}^{1}/_{297},\ a = 6\,378\,388 \text{ m},\ b = 6\,356\,909 \text{ m}$$

als *zurzeit beste Werte*.

§ 8. **Die grundlegenden Höhenbestimmungen.** Die trigonometrische Abteilung der Landesaufnahme hat außer der Triangulation auch noch die grundlegende Höhenmessung auszuführen. Über das ganze Land wird ein Haupthöhennetz gelegt, bestehend aus einer Anzahl von geschlossenen *Schleifen* von je 300–400 km Umfang. Die einzelnen Höhen- oder Nivellierzüge folgen Straßen und Eisenbahnen. Innerhalb der Züge sowie in den Knotenpunkten sind in Entfernungen von 2 km Höhenfestpunkte angebracht und durch besondere Marken (eiserne Bolzen) auf Säulen und an Gebäuden dauernd bezeichnet. Ihre Höhen über dem Meereshorizont, über NN (Normal-Null), sind durch geometrisches Nivellement bestimmt. Diese Normal-Nullfläche oder der Landeshorizont wurde 1879 dauernd festgelegt durch einen an der Sternwarte in Berlin angebrachten *Normalhöhenpunkt*, dessen Höhe zu 37 m über dem Nullpunkt des Amsterdamer Pegels bestimmt wurde. Nach Abbruch der Sternwarte wurde der

Normalhöhenpunkt 1912 durch fünf Punkte auf der Chaussee Berlin–Manschnow ersetzt. Die Normal-Nullfläche würde also 37 m unter dem Normalhöhenpunkt liegen, sehr angenähert durch den Amsterdamer Pegel gehen und allgemein übereinstimmen mit dem Spiegel der norddeutschen Meere.

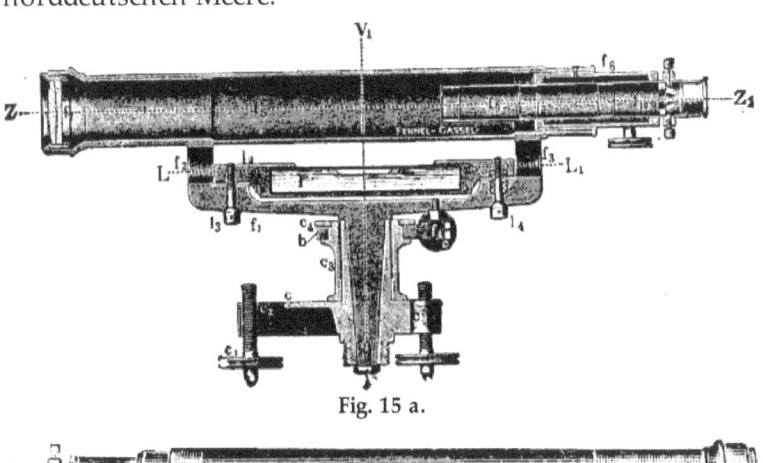

Fig. 15 a.

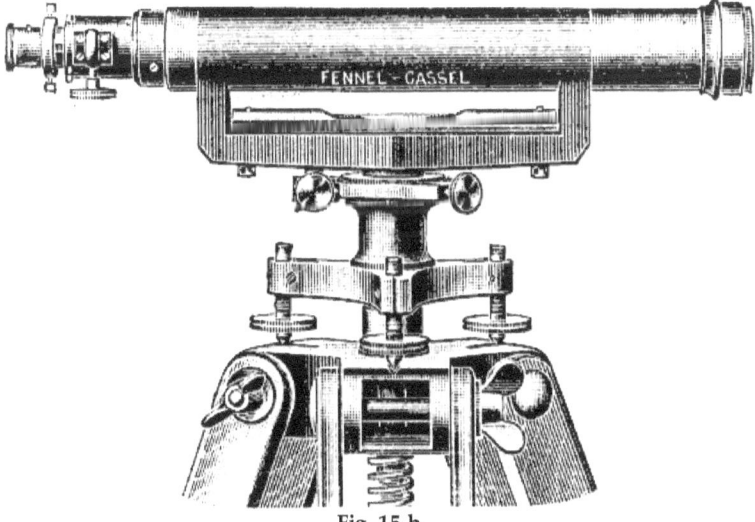

Fig. 15 b.

Zur Ausführung der geometrischen Nivellements wird ein Nivellierinstrument benutzt, dessen Grundform <u>Fig. 15 a</u> und <u>b</u> in Schnitt und Ansicht zeigen.[2] In der Büchse des

Dreifußes c steckt mit einem Zapfen f der Oberbau mit dem Fernrohrträger f_1, dem Fernrohr und der Libelle l, die entweder mit dem Fernrohr oder mit dem Träger verbunden oder vom Fernrohr abnehmbar ist. Man unterscheidet Instrumente 1. mit festem Fernrohr, d. h. dieses ist mitsamt der Libelle fest mit dem Zapfen verbunden; 2. mit festem, aber kippbarem Fernrohr, d. h. es läßt sich samt Libelle mit einer Kippschraube um eine horizontale Achse bewegen; 3. mit in den Lagern um seine Achse drehbarem oder umlegbarem Fernrohr mit oder ohne Kippschraube mit Wendelibelle (doppelseitig geschliffen) oder abnehmbarer Aufsatzlibelle (Reiterlibelle).

Die Hauptbedingung für die Justierung des Instruments ist: bei einspielender Libelle soll die Zielachse Z–Z_1 horizontal sein. Bei der ersten Form würde noch hinzutreten, daß bei einspielender Libelle, also horizontaler Libellenachse, der Zapfen (die Stehachse) V–V_1 nahezu lotrecht sein muß. Dazu bringt man das Fernrohr mit Libelle über eine Fußschraube, läßt mit derselben die Luftblase einspielen, dreht das Fernrohr um 180° und beseitigt den sich zeigenden Ausschlag zur Hälfte mit der Fußschraube, zur anderen Hälfte mit den Justierschräubchen der Libelle. Dann stellt man das Fernrohr parallel zu den beiden anderen Fußschrauben und bringt mit denselben die Luftblase zum Einspielen. Um nun die Zielachse parallel der Libellenachse, also horizontal zu stellen, bestimmt man bei einspielender Libelle den Höhenunterschied Δh zweier Punkte (Pfähle) A und B von der *Mitte* (M) aus, also fehlerfrei, durch die Differenz der Ablesungen a_m und b_m an einer in diesen Punkten jedesmal lotrecht aufgestellten Nivellierlatte. Dann geht man mit dem Instrument möglichst nahe an den Punkt B heran und macht an der eingeteilten Nivellierlatte in B die Ablesung b_1 bei einspielender Libelle; b_1 gilt für horizontale Zielachse, weil der Einfluß einer Neigung derselben wegen der kurzen Entfernung unbedeutend ist. Dann ist die *Sollablesung* a_1 für den Punkt A bei horizontaler Zielachse

$$a_1 = a_m - b_m + b_1,$$

denn es soll sein

$$a_1 - b_1 = a_m - b_m = \Delta h.$$

Auf die aus dieser Gleichung errechnete Ablesung a_1 an der Latte in A wird nun der horizontale Faden des Fadenkreuzes durch vertikales Verschieben des Diaphragmas mit den Diaphragmaschräubchen eingestellt. Die Justierung der anderen Formen läuft auf die Hauptbedingung hinaus und soll hier nicht erörtert werden.[3] Es ist wichtig hervorzuheben, daß durch Nivellieren aus der Mitte, also durch Einhalten gleicher Zielweiten, der Fehler des Nichtparallelismus von Ziel- und Libellenachse aufgehoben wird, ebenso wie der Einfluß der Erdkrümmung. Damit ist nun auch der Zweck des Nivellierens gegeben: es handelt sich darum, durch fortlaufende Bestimmung von Höhenunterschieden im Anschluß an einen gegebenen Ausgangspunkt (Festpunkt) die Höhe von Punkten über NN durch ein *Festpunktnivellement* oder auch die Lage von Punkten durch ein *Längennivellement* zu finden. Durch besondere Nivelliermethoden und Instrumente wird die Genauigkeit der Nivellements erhöht und z. B. von der Landesaufnahme ein *mittlerer* Fehler von weniger als ± 1 mm für 1 km erreicht.

KAPITEL 2. DIE TOPOGRAPHISCHEN ARBEITEN

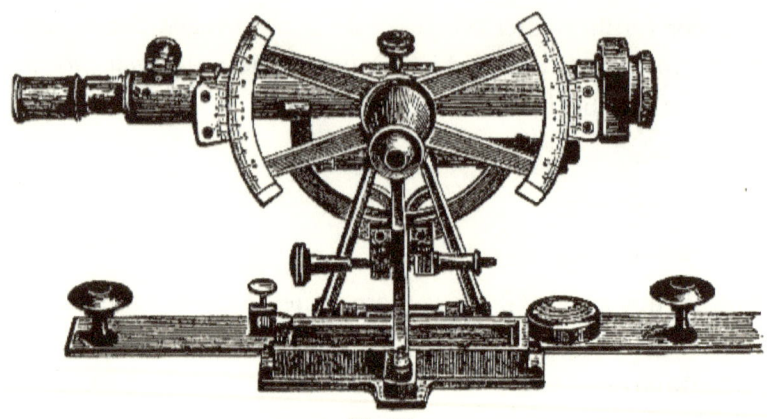

Fig. 16.

§ 9. Die vorbereitenden Arbeiten. Das Gradnetz. Im Anschluß an die Punkte des trigonometrischen Netzes wird die topographische Aufnahme ausgeführt. Sie erfolgt mit dem Meßtisch. Derselbe wurde 1590 von Praetorius aus Altdorf bei Nürnberg erfunden und besteht im wesentlichen aus dem Stativ mit Dreifuß, der Meßtischplatte und der Kippregel, d. h. einem Lineal mit Fernrohr und Gradbogen nebst Röhrenlibelle. Als Hilfsinstrumente kommen hinzu: eine Dosenlibelle und eine Bussole in Form eines länglichen Kästchens (Fig. 16). Der Dreifuß des Stativs trägt eine Scheibe, auf der die Meßtischplatte mit drei Schrauben befestigt wird. Der Bogen des Meßtischblattes wird auf der Unterseite mit geschlagenem Eiweiß gleichmäßig angefeuchtet und mit seinen überstehenden Rändern an den Seitenflächen der Platte durch Leim befestigt, nachdem er vorher mit einem Tuch glatt gestrichen wurde. Das Aufspannen geschieht bereits ein bis zwei Monate vor Beginn der Feldarbeit. Jedes Blatt umfaßt in 1 : 25 000 10 Längenminuten in Breite und 6 Breitenminuten in Höhe. Mithin entfallen auf einen Grad 60 Blätter (Gradabteilungskarten). Ein Blatt hat etwa 48 cm Seitenlänge und etwa 124 qkm Inhalt in 52½° nördl. Breite. Die Zahl der Meßtischblätter für Preußen beträgt 3699. Bei

1 : 100 000 hat jedes Blatt 15 Breitenminuten Höhe und 30 Längenminuten Breite. Zu einem Gradfeld gehören also 8 Blätter. Die Fläche zwischen den Randlinien eines Blattes kann als eben angesehen werden (preußische Polyederprojektion) und dementsprechend werden die Rand- und Minutenlinien als gerade Linien aufgetragen. Mit dem Auftragen des *Gradnetzes* beginnt man erst nach einigen Wochen, nachdem das Papier vollkommen ausgetrocknet ist. In dieses Netz von geraden Linien werden die trigonometrischen Punkte (20 auf 100 qkm) nach Länge und Breite mit Berücksichtigung des Unterschiedes zwischen Bogen und Sehne aufgetragen, und zwar als Schnitt zweier scharfer Bleilinien. Außer den trigonometrischen Punkten werden auch bereits bestimmte Höhenpunkte eingetragen.

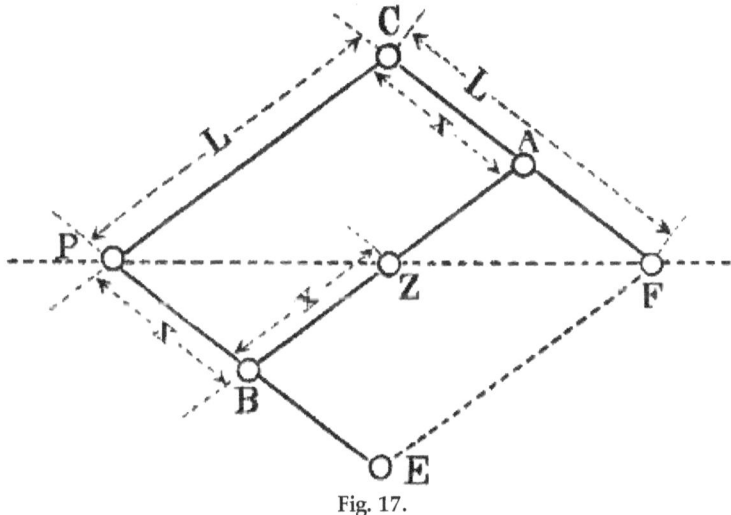

Fig. 17.

Vor den Feldarbeiten werden ferner die in das Aufnahmegebiet fallenden Katasterkarten mit dem *Pantographen* auf 1 : 25 000 verkleinert. Der Pantograph oder Storchschnabel wurde vom Pater Scheiner († 1650) erfunden. Er besteht aus einem Parallelogramm von Holz- oder Metallschienen mit Gelenken in den Eckpunkten (Fig.

<u>17</u>). In dem Parallelogramm *PCFE* sei *AB‖PC*. In *A* und *B* seien ebenfalls Gelenke vorhanden. Es ist $\triangle PZB \sim AZF$ und demnach verhält sich *PZ : ZF = PB : AF*. Weil nun *PB : AF* fest bleibt, so sind auch die Verhältnisse *PZ : ZF, PF : PZ* und *PF : ZF* unveränderlich. Die Punkte *PZF* liegen in einer Geraden. Sei *P* fest, dann beschreiben *Z* und *F* stets ähnliche und ähnlich liegende Figuren. Denkt man sich also in *Z* einen Zeichenstift und in *F* einen Fahrstift, dann werden die vom Fahrstift umfahrenen Figuren verkleinert im Verhältnis *PZ : PF* oder *CA : CF* (denn *PB = CA*). Bei der Landesaufnahme finden die freischwebenden Präzisionspantographen Verwendung (<u>Fig. 18</u>). Der Drehpunkt *P* liegt in einem kranartigen Gestell *K*. Von *P* gehen zwei Messingschienen *PC* und *PE* aus. Die Schiene *CF* läuft parallel *PE*. Die Schiene *AB* kann auf *PE* und *CF* verschoben werden, um ein bestimmtes Verhältnis einzustellen. Das Instrument muß genau horizontiert sein. Dazu wird zunächst das Gestell mit Hilfe einer Dosenlibelle horizontal gestellt. Der Pantograph wird dann durch Drähte horizontal gehalten.

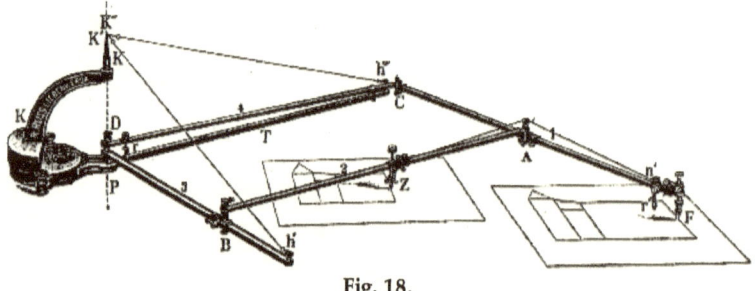

Fig. 18.

Außer mit dem Pantographen kann man die Karten auch mittels *Quadratnetz* verkleinern. Dieses Verfahren wird namentlich im Felde in Betracht kommen, wenn es sich darum handelt, in eine bereits vorhandene Karte durch *Krokiaufnahmen* Veränderungen einzutragen und für diese Aufnahmen vorher eine Vergrößerung anzufertigen.

Man überzieht die Karte oder noch besser ein Stück Pauspapier mit einem Quadratnetz von 200 m Seitenlänge in dem Maßstabe der Karte und ein Stück Zeichenpapier mit einem Quadratnetz von ebenfalls 200 m in dem verlangten größeren oder kleineren Maßstab. Dann legt man das Pauspapier auf die Karte und zeichnet nun quadratweise das Kartenbild auf das Zeichenpapier nach Augenmaß ab. Vorteilhaft ist die Benutzung eines *Reduktionszirkels*, den man durch einen *Reduktionsmaßstab* wie folgt ersetzen kann (Fig. 19).

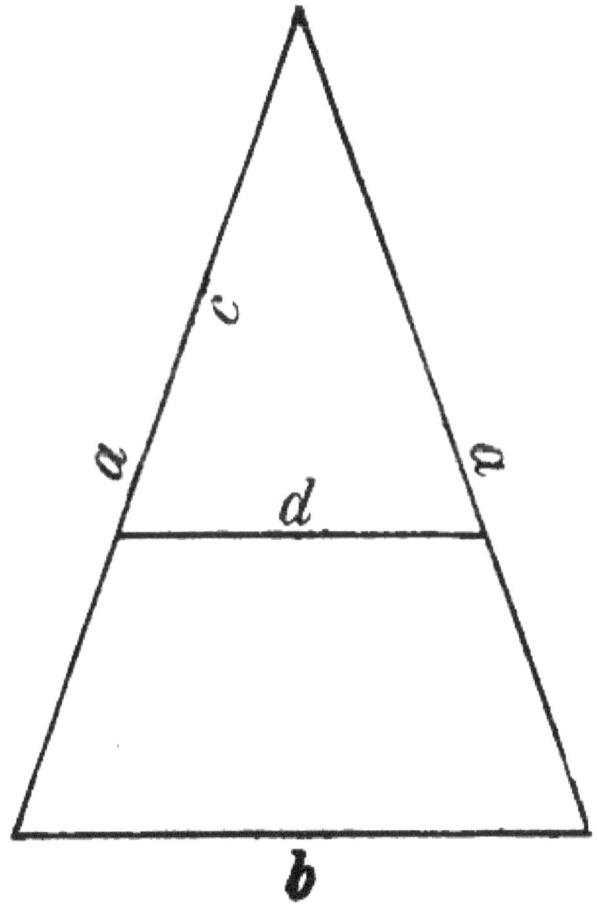

Fig. 19.

35

Man konstruiert ein gleichschenkliges Dreieck mit der Länge a einer Quadratseite der großen Karte als Seite und der Länge b eines Quadrats der kleinen Karte. c sei die zu verkleinernde Länge, dann ist d ihre Verkleinerung, denn

$$d = {}^{b \cdot c}/_a;$$

ist z. B. $b = \frac{1}{2}a$, dann ist $d = {}^{c}/_2$. Bei einer Vergrößerung würde das umgekehrte Verfahren eintreten.

Die in Blei ausgeführten Reduktionen werden ausgezeichnet und koloriert. Jedem Topograph wird außer den so vorbereiteten Blättern die Karte 1 : 200 000 (Reymannsche Karte) seiner Sektion sowie eine Karte 1 : 100 000 oder eine andere ältere zur Orientierung mitgegeben. Alle Instrumente werden vor der Arbeit im Felde geprüft, für die nötige Ausrüstung an Zeichengerät ist zu sorgen.

§ 10. **Die Aufnahme der Lage (Situation).** Vor der eigentlichen Meßtischaufnahme auf den trigonometrischen Punkten muß eine *Erkundung* der aufzunehmenden Gegend vorgenommen werden. Reichen die gegebenen trigonometrischen Punkte nicht aus, dann müssen weitere Punkte als Standpunkte (Stationspunkte) durch Vorwärts- und Seitwärtsabschnitte oder durch Rückwärtseinschnitte bestimmt werden. Diese Punkte werden zunächst ausgesucht und signalisiert. In großen Forsten sind die Endpunkte von *Gestellen* (Schneisen) möglichst als Stationspunkte festzulegen; dann können beliebige Punkte in der Verbindungslinie als Standpunkte benutzt werden. Auch die Zahl der Höhenanschlußpunkte ist nach Bedarf zu erhöhen. Für jede Station wird dann nach dieser *allgemeinen* Erkundung die verkleinerte Katasterkarte mit der Wirklichkeit verglichen und ergänzt. Auch werden die ausgesprochenen Bodenformen nach Geripp- und Abfallslinien in die Karte hineinskizziert und in Gegenwart des Lattenträgers die Lattenpunkte ausgesucht. Von der richtigen Auswahl derselben nach Zahl und Lage sind Güte und Zeitdauer der Aufnahme wesentlich abhängig.

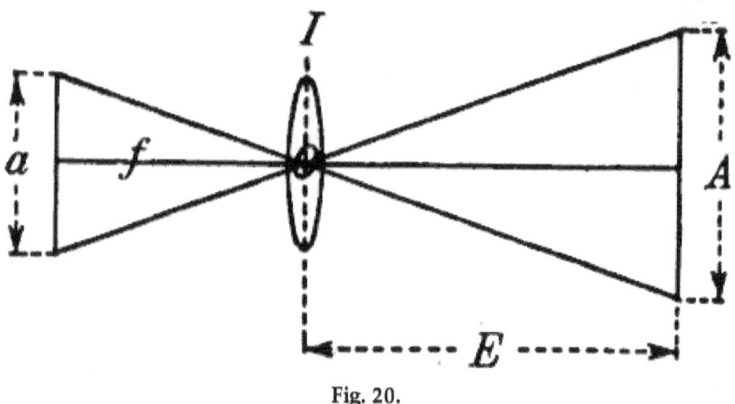

Fig. 20.

Auf dem trigonometrischen Punkt A wird der Meßtisch so aufgestellt, daß z. B. der Bildpunkt a des trigonometrischen Punktes auf der Meßtischplatte lotrecht über dem Punkt A der Natur liegt und ferner die Richtung a–b auf dem Blatt übereinstimmt mit der Richtung A nach einem zweiten trigonometrischen Punkt B. Dann ist der Tisch orientiert. Die Nordlinie wird gezogen, indem man die Kippregel mit der aufgesetzten Orientierbussole so lange dreht, bis die nicht mehr arretierte Magnetnadel einspielt, und dann an der Linealkante eine Bleilinie zieht, welche magnetisch Nord angibt. Es ist klar, daß auf B der Tisch wieder orientiert ist, wenn man ihn so weit dreht, bis die Nadel der an die Bleilinie angelegten Bussole einspielt. Für das Festlegen der einzelnen Punkte im Gelände sind folgende Einzelarbeiten auszuführen: Anlegen des Lineals an den Bildpunkt der Station, Anzielen der Latte, Einstellen des Fadenkreuzes auf Fernrohrhöhe, Ablesen der Entfernung, Ziehen einer kurzen Bleilinie an der Linealkante, Eintragen der Entfernung ins Tagebuch, Abwinken des Lattenträgers, Ablesen des Winkels am Höhenkreis (Gradbogen), Eintragen desselben ins Tagebuch, Berechnen der Höhe, Auftragen der Entfernung an der Bleilinie, Bezeichnen des Punktes durch einen Zirkelstich, Anschreiben der

Höhenzahl an den Punkt. Damit sind alle Arbeiten erledigt, welche zur Festlegung eines Punktes nach Lage und Höhe gehören. Die *Entfernung* des Punktes wird erhalten durch das entfernungmessende Fernrohr, bei dem am Diaphragma drei Fäden in gleichen Abständen angebracht sind. In Fig. 20 sei a der Abstand der äußeren Fäden. A sei das von ihnen eingeschlossene, in der Entfernung E vom Objektiv I mit dem optischen Mittelpunkt 0 abgelesene Lattenstück. f sei die Brennweite vom Objektiv. Wegen der Ähnlichkeit der Dreiecke verhält sich:

$$E : A = f : a$$
$$E = A \cdot {}^{f}\!/_{a}.$$

Das Verhältnis $f : a$ wird vom Mechaniker zu 100 oder zu 200 gemacht, so daß also im letzten Falle

$E = 200\ A$,

d. h. man hat das abgelesene Lattenstück nur mit 200 zu multiplizieren, um die Entfernung E zu erhalten. Die 3 m lange Latte sei in 60 Teile zu 5 cm geteilt, dann gilt für einen Teil

$$E = 200 \cdot 5 \text{ cm} = 10 \text{ m},$$

also $E = A \cdot 10$ m, wenn A ein Vielfaches von 5 cm bedeutet. Dies gilt für horizontale Sichten. Bei gegen den Horizont geneigten Sichten ist der Höhenwinkel am Höhenkreis der Kippregel abzulesen. Die Reduktion der Sicht auf den Horizont erfolgt nach Tafeln, in denen für die einzelnen Höhenwinkel die Korrektionen angegeben sind.

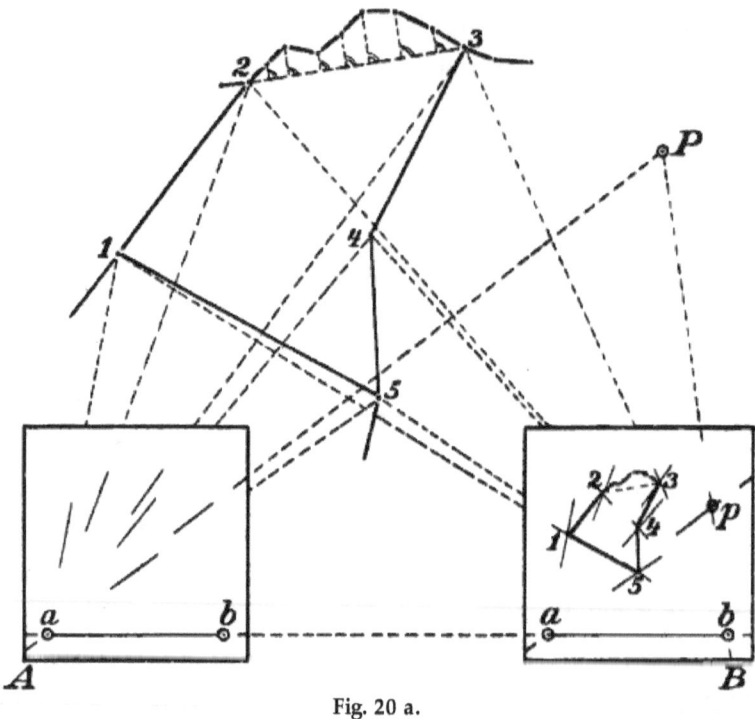

Fig. 20 a.

In der angegebenen Weise werden von einer Station aus sämtliche vorher ausgesuchten Lattenpunkte aufgenommen. Außerdem werden aber auch Richtungslinien nach allen wichtigen Punkten im Umkreis der Station gezogen, wie nach Häusern, Brücken, Wald-, Wiesenecken, Schornsteinen, Fahnenstangen usw. Wichtig ist es, auch in Aussicht genommene Aufstellungspunkte (Stationen) anzuschneiden, denn die trigonometrischen Punkte werden nicht immer genügen (Fig. 20 a). Für die Neubestimmung von Standpunkten gelten folgende Verfahren:

1. Das *Vorwärtsabschneiden*: Es seien A und B zwei gegebene trigonometrische Punkte, a und b die entsprechenden Bildpunkte auf der Meßtischplatte. In A wird bei orientiertem Tisch durch a eine Visierlinie nach dem signalisierten Neupunkt P gezogen, und ebenso in B eine

Visierlinie durch *b*. Der Schnittpunkt der beiden Bleilinien ist der Bildpunkt *p*.

2. *Seitwärtsabschneiden.* A und B, *a* und *b* seien wieder gegeben. In A wird durch *a* eine Visierlinie nach P gezogen. Jetzt stellt man sich in P selbst auf und zieht durch *b* bei der Sicht nach B eine Linie rückwärts, deren Schnitt mit der vorher gezogenen Linie *p* ergibt. Orientierung des Tisches ist auch hier Bedingung.

3. *Rückwärtseinschneiden.* A, B, C seien drei bereits bestimmte Festpunkte, *a*, *b*, *c* die entsprechenden Bildpunkte auf der Platte. D sei der Neupunkt. Aufstellung in D und Annahme eines beliebigen Punktes *d* auf der Platte. Von diesem aus zieht man auf Pauspapier die Strahlen nach den Punkten A, B, C in der Natur und verschiebt dann das Pauspapier so lange, bis die drei Linien durch *a*, *b*, *c* gehen. Der Punkt *d* auf der Pause wird nun durchgestochen, wodurch *d* auf der Platte bestimmt ist. Jetzt wird der Tisch orientiert. Statt des Pauspapiers kann man auch einen dreibeinigen Zirkel oder einen Einschneidetransporteur mit drei Linealen benutzen.

Am Schluß der Arbeit auf einer Station fertigt man eine Pause oder eine Kopie der Punktaufnahme an und begeht das ganze Gelände, um alles einzuzeichnen, was für die Situation und die Geländedarstellung wichtig ist. Zweckmäßig ist es, die Kopie so groß zu wählen, daß die Aufnahmen mehrerer Stationspunkte auf ihr Platz finden. Die Zeichnung der Pause oder Kopie wird auf das Meßtischblatt übertragen und möglichst in Tusche ausgezogen. Zur Situation gehören Wege und Eisenbahnen, Boden und Wald, Gewässer, Ortschaften nebst Umgebungen. Eigentumsgrenzen werden nicht aufgenommen, nur Landesgrenzen.

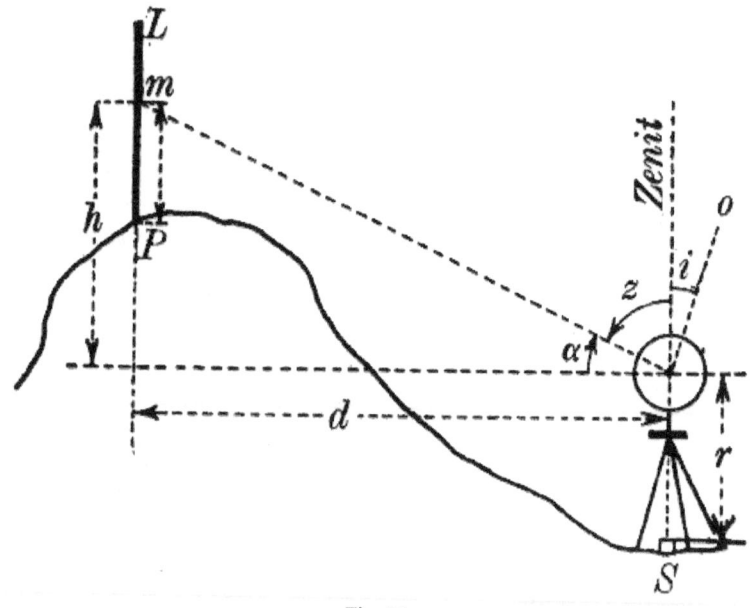

Fig. 21.

§ 11. **Die Aufnahme der Höhen des Geländes.** Für die Darstellung der Bodenformen, d. h. der Unebenheiten und der ganzen Gestaltung der Erdoberfläche ist es nötig, zunächst die einzelnen Punkte nicht nur der Lage, sondern auch der Höhe nach festzulegen. Durch die Höhenmessung mit horizontaler Sicht (Nivellieren) waren bereits Höhenanschlußpunkte bestimmt worden. Von diesen ausgehend werden die Lattenpunkte und nach Bedarf auch Stationspunkte durch trigonometrische Höhenmessung bestimmt (Fig. 21). Das Instrument stehe über Station S, die durch einen Stein bezeichnet sei. r sei die Instrumentenhöhe von Steinoberfläche bis zur Fernrohrdrehachse (Horizont). α sei der abgelesene Höhenwinkel, d die Entfernung von der Latte L. m sei die Ablesung an derselben für den Mittelfaden. Die Höhe von $S = H_S$ sei bekannt. Gesucht ist H_P.

$$H_P = H_S + r + d \cdot \text{tg } \alpha - m.$$

Wird die Ablesung am Mittelfaden so gewählt, daß $m = r$, so bleibt

$$H_P = H_S \pm d \cdot \mathrm{tg}\ \alpha = H_S \pm h$$

je nach Lage des Punktes P. Die Instrumentenhöhe ist nahezu = 1,4 m. $h = d \cdot \mathrm{tg}\ \alpha$ wird aus Kotentafeln entnommen. Bei größeren Entfernungen muß die Erdkrümmung berücksichtigt werden. Dieselbe beträgt auf 1 km = 0,078 m, auf 100 m = 0,78 mm, allgemein $d^2/(2R)$, wo R = dem Erdradius zu 6400 km ist. Der Einfluß der Erdkrümmung wird durch die Strahlenbrechung (Refraktion) etwas gemildert und beträgt dann 0,068 m auf 1 km. Bemerkt sei noch, daß die Ablesungen am Höhenkreis oder Gradbogen um den Indexfehler i verbessert werden müssen, da man eigentlich je nach der Lage des Nullpunktes am Höhenkreis bei lotrechter oder horizontaler Sicht und einspielender Libelle 0° ablesen müßte. Man liest aber nicht 0° ab, sondern i. Erst nach Verbesserung der Ablesung um i erhält man die richtige Zenitdistanz z oder den Höhenwinkel α. $\alpha = 90 - z$ (Fig. 21). Der doppelte Indexfehler wird bestimmt, indem man *denselben* Punkt in beiden Fernrohrlagen (vor und nach dem Umsetzen der Kippregel) anzielt und am Höhenkreis abliest.

Durch die trigonometrische Hohenmessung wird die Höhe der Punkte nur auf Dezimeter genau bestimmt. Die Genauigkeit hängt von der Entfernung ab. Gestattet der Nonius nur Ablesung auf Minuten, so beträgt der Fehler bei einer Differenz von 1' auf 2000 m schon 0,6 m. Man geht höchstens bis zu 600 m.

Im unebenen Gelände wird auch von der barometrischen Höhenmessung Gebrauch gemacht. Benutzt werden zur Messung des Luftdrucks *Aneroidbarometer* von Naudet, die gegen Temperaturwechsel kompensiert von Bohne in Berlin geliefert werden. Die einfache barometrische Höhenformel lautet:

$$h = 18\ 464 \log {}^B/_b(1 + \alpha \cdot t).$$

h ist der Höhenunterschied zweier Punkte, 18 464 die barometrische Konstante für Mitteleuropa, B der Barometerstand der unteren, b der oberen Station, α der Ausdehnungskoeffizient der Luft 0,003 665, t die mittlere Temperatur der Luft. Zur Berechnung benutzt man am besten die barometrischen Höhentafeln von Jordan. Die barometrische Höhenmessung bestimmt die Höhenpunkte auf 1 bis 2 m genau, ist also ungenauer wie die trigonometrische Höhenmessung. Im Gebirge verwendet die Landesaufnahme mit Vorteil die Photogrammetrie und Stereophotogrammetrie.[4]

KAPITEL 3. DIE KARTOGRAPHISCHEN ARBEITEN

§ 12. **Ausarbeitung der Feldaufnahmen. Die Kartenschrift.** Im Winter wird die Bleizeichnung auf der Meßtischplatte vollständig in Tusche ausgezogen. Dabei wird jedes Minutenfeld mit den Aufzeichnungen im Felde genau verglichen. Dann werden alle erforderlichen Höhenzahlen eingetragen und die Stellen mit Punkten bezeichnet. Noch vor dem Einzeichnen der Signaturen wird die Karte beschrieben. Die Größe der Schrift richtet sich nach der Größe und Bedeutung der Ortschaften, Waldungen, Gewässer. Sie ist stets nach Norden zu orientieren und nur bei Flüssen, Bergen usw. schmiegt sie sich dem Verlauf derselben an. Die Art der Ausführung ist den »Musterblättern für die topographischen Arbeiten der Kgl. Preuß. Landesaufnahme« zu entnehmen, die von der Plankammer der Landesaufnahme zum Preise von 12 M. zu beziehen sind. Auch aus den Zeichenerklärungen für Meßtischblätter ist das Nötigste zu entnehmen.

§ 13. **Die Signaturen für die Situation.** Nach Fertigstellung der Schrift werden die Signaturen für die

Situation nach den Vorschriften der Musterblätter vollständig in die einzelnen Flächen eingezeichnet. Man unterscheidet Signaturen für Wege und Eisenbahnen, Boden und Wald, Gewässer, Wohnstätten und deren Umgebungen, kleine Signaturen und Abkürzungen, Truppen. Dabei ist zu bemerken, daß die *Grundrißtreue* nicht immer gewahrt werden kann. Denn ein 5 m breiter Weg würde in 1 : 25 000 auf der Karte ja nur 0,2 mm breit sein. Man zeichnet ihn aber 4–5mal so breit.

Aus den Fig. 22–26 sind die einzelnen Signaturen zu ersehen. Für das Kartenlesen und Kartenzeichnen, Skizzieren, Krokieren müssen sie dem Gedächtnis eingeprägt werden.

Für das Anlegen werden stets die photographischen Farben benutzt, die von der Firma G. Bormann in Berlin zu beziehen sind. Die Vorschriften der Farbentabelle der Musterblätter sind einzuhalten. Hier sei nur erwähnt, daß angelegt werden mit 1. Preußischblau: Gewässer und Landesgrenzen; 2. Karmin: öffentliche Gebäude, massive Stadtviertel, in hellerem Ton: Buhnen, Feldwege, im Mittelton: Chausseen, Kreisgrenzen; 3. Gelb: veränderliche Feld-, Forst- und Wirtschaftswege, Weinberge, Regierungsbezirksgrenzen; 4. Wegebraun: alle bleibenden Landstraßen, Fußwege; 5. Magenta: Eisenbahnen und größere Eisenbauten. – Für Wald, Garten und Wiesen gibt es besondere Farben: Laubwald, Nadelwald, Mischwald, Gartengrün, Wiesengrün.

Eisenbahnen

Haupt- und vollspurige Nebenbahn $\left\{\begin{array}{l}\text{mehrgleisig}\\[1em]\text{eingleisig}\end{array}\right.$

Vollspurige nebenbahnähnliche Kleinbahn

Kleinbahn und schmalspurige Nebenbahn

Straßen- und Wirtschaftsbahn

Straßen

I. Straße $\left\{\begin{array}{l}\text{A etwa 5,5 m Mindestnutzbreite, mit gutem}\\ \quad\text{Unterbau, für Lastkraftwagen zu jeder}\\ \quad\text{Jahreszeit unbedingt brauchbar}\\[1em]\text{B weniger fest, etwa 4 m Mindestnutzbreite}\end{array}\right.$

Größere Steigungen

Wege

II. Unterhaltener Fahrweg $\left\{\begin{array}{l}\text{A für Personenkraftwagen}\\ \quad\text{jederzeit brauchbar}\\[1em]\text{B}\end{array}\right.$

III. Feld- und Waldweg

IV. Fußweg

Anm.: Im milit. Gebrauch werden genannt: $\left\{\begin{array}{l}\text{Straße A und B} = \text{„Chaussee"}\\ \text{Unterh. Fahrweg A} = \text{„Gebesserter Weg"}\\ \qquad\qquad\qquad\text{B} = \text{„Weg"}\end{array}\right.$

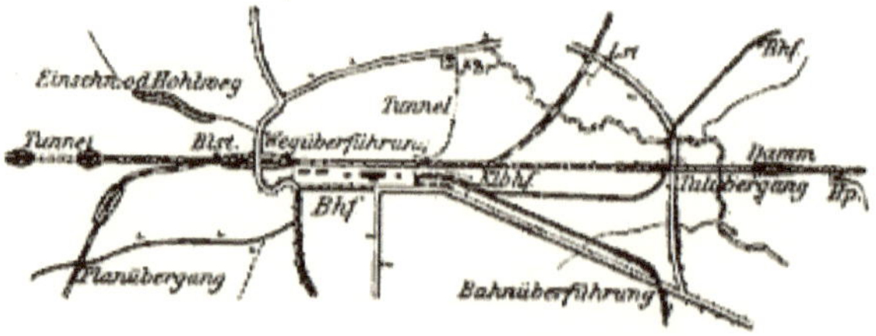

Abk.: Bhf. = Bahnhof, Klbhf. = Kleinbahnhof, Hp. = Haltepunkt,
Blst. = Blockstation, Lst. = Ladestelle.

Fig. 22. Eisenbahnen, Straßen und Wege.

46

Fig. 23. Gewässer.

Die Tiefenlinien geben Stufen von 2, 4, 6 und 10 m an, die rückwärts liegenden Zahlen im Meere und die stehenden Zahlen in den Watten beziehen sich auf das Mittelwasser der Ostsee bzw. auf das mittlere Springniedrigwasser der Nordsee.

Wald mit Wirtschaftseinteilung

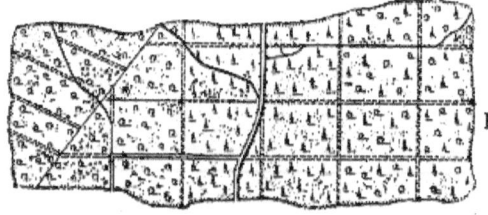

Breite, nicht
fahrbare
Forstwirtschafts-
grenzen

Laubwald   Nadelwald   Mischwald

   Buschwerk, Gestrüpp und Weidenpflanzung

   Heide, Ödland und trockenes Moor mit einzelnen
                        Bäumen

   Sand oder Kies

   Wiese und Weide mit Büschen

   Nasser Boden

   Bruch, Sumpf, nasses Moor mit Torfstich

   Regelmäßige Baumanpflanzung

   Weingarten

   Hopfenanpflanzung

48

Fig. 24. Boden und Bodenbewachsung.

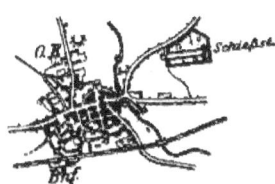

Stadt mit Vorstadt
und Gärten

Dorf

Villenkolonie

Gut mit Park
und Einzelhöfe

Fig. 25. Wohnplätze.

	Damm, Deich	ᴤ	Denkmal
	Landwehr, Ringwall	× 1812	Schlachtfeld
▲ ◖	Alte Schanze	⸱R.	Ruine
◦ ◦	Hünengräber, Grabhügel	⸱	Turm, Warte, Wasserturm
	Terrasse, Steilrand	⸱ (S.)	Schornstein (weit sichtbar)
	Steinbruch, Grube	⸰ (M.)	Windmühle (weit sichtbar)
	Fels	⸱	Wassermühle
	Mauer	(O.FBA)	Oberförsterei (Forstamt)
----	Zaun	(F.)	Försterei
	Wall mit Hecke	(W.W.)	Waldwärter
	Grenzgraben, Grenzwall	◦ ◦	Hervorragende Bäume
	Steinriegel	×	Schacht im Betrieb
	Kirche mit Doppelturm (weit sichtbar)	✕	Verlassener Schacht
	Kirche mit einem Turm (weit sichtbar)		Gradierwerk, Saline
+(Kp.)	Kirche ohne Turm (Kapelle)		Unsicherer Boden
⸱⸱	Einzelgrab, Feldkreuz	(K.O.)	Kalkofen
	Friedhof für Christen	(T.O.)	Teerofen
	Friedhof für Nichtchristen	⸱	Windmotor.

Abl. = Ablage, Brn. = Brennerei, Ch. H. = Chausseehaus, D. W. = Dammwärter, Dom. = Domäne, Fbr. = Fabrik, Hs. = Haus, H. = Hütte, H. O. = Hochofen, Kr. = Krug, Pav. = Pavillon, Pvhs. = Pulverhaus, Sch. = Scheune, Schp. = Schuppen, S. H. = Sennhütte, S. W. = Sägewerk, Vw. = Vorwerk, Whs. = Wirtshaus, Zgl. = Ziegelei, Schl. = Schloß, A. = Alp, W. T. = Wasserturm. — *Abkürzungen: Siehe auch unter „Eisenbahnen" und „Gewässer". Sonstige Abkürzungen müssen leicht verständlich sein.

Fig. 26. Topographische Zeichen und Abkürzungen.*

§ 14. **Die Arten der Geländedarstellung.** Aufgabe der

49

Kartographie ist es, wie schon erwähnt wurde, auf der Kartenblattebene, d. h. in der Projektion, den Verlauf der Erdoberfläche auch der *Höhe* nach, d. h. also die *Unebenheiten* des Bodens, zur Darstellung zu bringen. Aus der Karte soll man nicht nur die Form der Unebenheiten, sondern auch ihre Neigung gegen den Horizont (ihre Gradation) und ihre Höhe über NN herauslesen, d. h. sich vorstellen können. Dies erreicht die Landesaufnahme

    1. *durch äquidistante Höhenlinien*;

    2. *durch Bergstriche*.

    1. Die *äquidistanten Höhenlinien*. Denkt man sich durch eine Erhebung in *gleichen* Vertikalabständen (äquidistante) Parallelflächen (Niveauflächen) zur ideellen Meeresfläche gezogen, dann werden dieselben das Gelände in Linien (Kurven) *gleicher* Höhe (Isohypsen) schneiden. Für kleinere Flächen fallen diese Niveauflächen mit den entsprechenden Horizontalebenen zusammen, man nennt die Kurven deshalb auch *Horizontalkurven*. Der lotrechte Abstand der Niveauflächen heißt *Schichthöhe*. Die Landesaufnahme hat Schichthöhen, von 20, 10, 5, 2,5 und 1,25 m festgesetzt und bezeichnet die Schichthöhen von 20 m durch mittelstarke, schwarze *Haupt*höhenlinien, die von 10 m durch feine ununterbrochene *Zwischen*höhenlinien, die von 5 m durch feine lang gerissene *Normal*höhenlinien, die von 2,5 und 1,25 m durch feine kurz gerissene *Hilfs*höhenlinien. Die Zählung beginnt bei Normal-Null.

Die Höhenlinien werden konstruiert durch Interpolationen zwischen den Punkten, die im Felde aufgenommen wurden. Es seien z. B.: in Fig. 27 62,2 m und 68,7 m die Höhen zweier solcher Punkte, deren horizontale Entfernung *s* also auf dem Meßtischblatt gegeben (abgegriffen) sei. Die Lage des Punktes für die Höhenkurve 65,0 ist gesucht, d. h. die Entfernung *X*.

Es ist

$$X = s \cdot {}^{2,8}/_{6,5}.$$

Es sei $s = 26,5$ mm, dann ist

$$X = {}^{26,5}/_{6,5\ m} \cdot 2,8\ m = 11,4\ mm.$$

s braucht dabei *nicht* im Maßstab des Planes ermittelt zu werden. Die Fig. 27 stellt ein Profil (Schnitt) durch die Punkte dar. 6,5 und 2,8 sind die Schichthöhen in bezug auf 62,2 als Nullhöhe. Die Berechnung von X bzw. das Einschalten von Kurvenpunkten wird durch Anwendung des Rechenschiebers und graphischer Methoden erleichtert. Umgekehrt kann man zwischen zwei gegebenen Höhen eine Höhe zu gegebener Entfernung einrechnen.

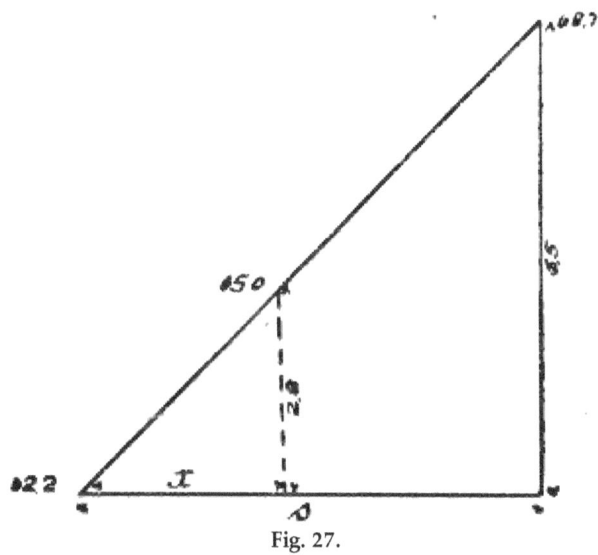

Fig. 27.

Aus dem Verlauf der Höhenkurven kann man zunächst die *Form* der Erhebungen erkennen (vgl. Fig. 28): *Rücken* (*r*, *d*), *Vorsprünge* (*d*, *e*, *f*, *g*, *h*), *Nasen* an den Ausbiegungen der Kurven, *Mulden* (*i*, *k*) an den schwachen, *Schluchten* (*l*) an den stärkeren Einbiegungen derselben. *Kuppen* (*a*) sind kleinere

Erhebungen, die Kurven kehren in sich selbst zurück. Ebenso ist es beim *Kessel* (*b*, *c*); er liegt aber in der Vertiefung und wird zum Unterschied von der Kuppe mit einem Pfeil in der Fallrichtung bezeichnet. Bei einem *Sattel* (*m*, *n*) biegen die Kurven auf allen vier Seiten nach innen ein. Sie liegen als Einsenkungen zwischen zwei Kuppen oder als Erhebungen zwischen zwei Mulden. Bei einer *senkrechten Wand* laufen die Kurven an einer Stelle ineinander, bei einer *überhängenden* Wand ragt die höhere Schichtlinie über eine niedrigere hinaus.

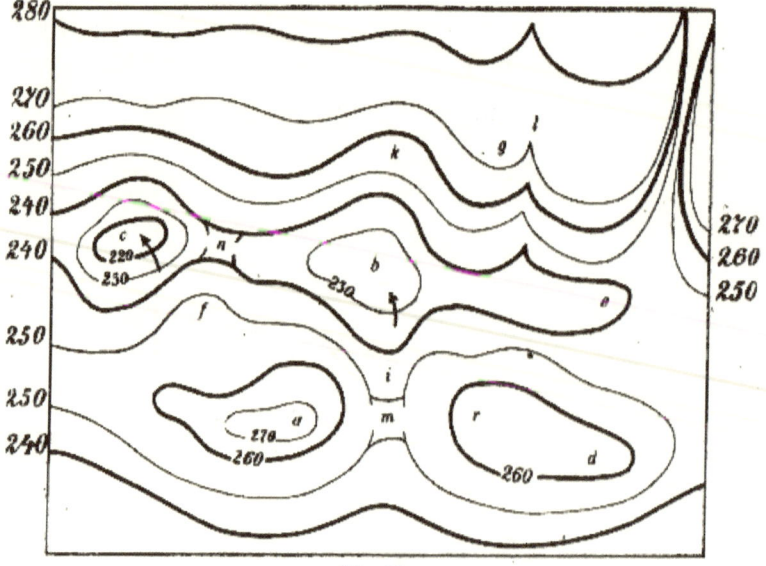

Fig. 28.

Die *Neigung* (Gradation) der Böschungen kann man aus dem Abstand der Höhenlinien in der Karte erkennen. Bei *steileren* Böschungen ist der Zwischenraum der Kurven geringer, bei *flachen* größer. Den *Grad* der Neigung oder den *Böschungswinkel* α kann man aus der Entfernung s der Kurven und der Schichthöhe h leicht berechnen. Es ist:

$$\operatorname{tg} \alpha = {}^h/_s.$$

Wir wollen eine Tabelle aufstellen (siehe S. 32).

52

20 m Schichthöhe		5 m Schichthöhe	
Abstand der Kurven in Metern	Grad	Abstand der Kurven in Metern	Grad
20	45	28	10
24	40	32	9
29	35	36	8
35	30	41	7
43	25	48	6
55	20	57	5
75	15	72	4
114	10	96	3
228	5	143	2
		286	1

Durch Interpolation kann man leicht den Böschungswinkel für andere Entfernungen ermitteln. Auf graphischem Wege geschieht dies durch einen *Böschungsmaßstab*, der die Neigung auch wirklich zur Anschauung bringt (Fig. 29). Man nimmt die Entfernung der Kurven in den Zirkel und setzt sie an der Schichtlinie *BD* des Maßstabes von der Senkrechten ab. Die andere Zirkelspitze fällt dann entweder auf einen schon gezeichneten oder leicht zu interpolierenden Gradstrich. Auch die Neigung eines Weges zwischen zwei Punkten läßt sich auf diese Weise leicht ermitteln.

Im allgemeinen liegt ein Weg *horizontal*, wenn er parallel den Kurven verläuft; seine Steigung nimmt um so mehr zu, je größer der Winkel ist, den er mit der tieferen Kurve bildet.

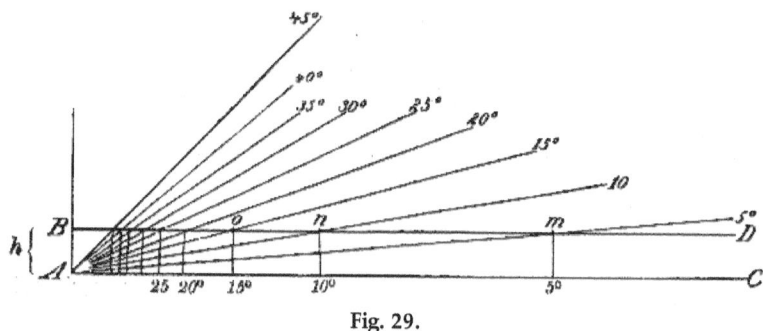

Fig. 29.

Ein anderes wichtiges Mittel zum Verständnis des Verlaufs der Erdoberfläche auch hinsichtlich der Neigung bildet die Zeichnung von *Profilen*.[5] Man legt eine Vertikalebene in der Richtung des stärksten Gefälles durch das Gelände, dann schneidet diese die Kartenebene in einer geraden Linie. Errichtet man nun in den Schnittpunkten dieser Geraden mit den Kurven Senkrechte gleich den Höhen, die die Kurven angeben, dann erhält man das verlangte Profil (Fig. 30–32). Zweckmäßig ist es dabei, die Höhen in einem 10fach so großen Maßstab (10fach überhöht) aufzutragen wie die Längen, weil erstere gegen letztere sonst zu sehr zurücktreten würden. In der Technik bezeichnet man derartige Profile als Längsprofile, die für den Entwurf von Bahn- und Wegebauten usw. äußerst wichtig sind. Bei der Zeichnung der Höhen geht man selten von der Normalnullfläche (Meeresniveau) aus, sondern von einem beliebigen Horizont. Für das Verständnis des Geländes ist dies gleichgültig. Wie beim Böschungsmaßstab bekommt man auch beim Profil eine *Anschauung* von der Größe des Böschungswinkels. – Die Niveaukurven wurden zum ersten Male 1752 von dem Geographen Buache zur Darstellung der Bodengestalt für Bauzwecke, 1771 von Ducarla für Landkarten verwendet.

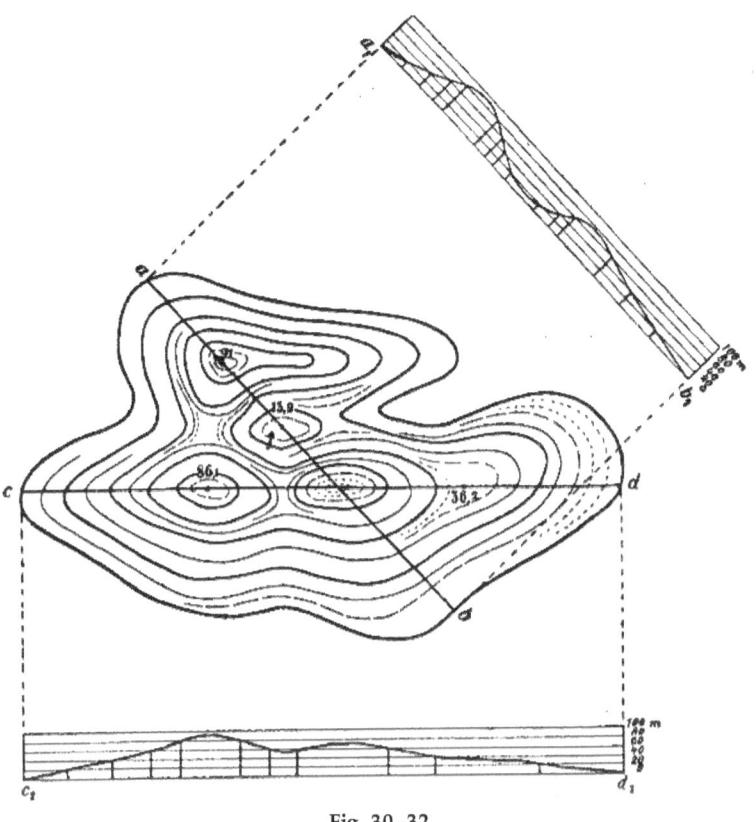

Fig. 30–32.

2. Die *Bergstriche*. Denkt man sich ein Gelände durch eine Lichtquelle senkrecht über demselben beleuchtet, dann werden die horizontalen Flächen ganz hell erscheinen, weil sie die meisten der unter sich parallelen Lichtstrahlen empfangen. Jede geneigte Fläche wird um so dunkler werden, je größer der Winkel ist, den sie mit dem Horizont bildet. Auf dieser Tatsache beruht die Theorie der Bergstrichzeichnung, welche zuerst der sächsische Major J. G. Lehmann (1765–1811) für das Kartenzeichnen in Anwendung brachte. Durch eine Strichskala mit abgestuften Schattierungen wollte er die Steigung des Geländes, also das Relief desselben, auf der Kartenblattebene zur Darstellung bringen. Vom militärischen Standpunkte

aus werden Flächen von mehr als 45° Steigung als nicht mehr ersteigbar angesehen, und deshalb werden sie nach Lehmann schwarz dargestellt. Die Schattierung beginnt erst bei 45° und wird von 5 zu 5° abgestuft, weil erst bei diesen Unterschieden die Steigungen militärische Bewegungen beeinflussen. Die Schattierung wird durch das Verhältnis der Stärke des Striches zum weißen Zwischenraum oder noch besser der Schraffe zum Zwischenraum ausgedrückt, und zwar soll das Verhältnis dasselbe sein wie das des Böschungswinkels α zu 45° − α. Demnach verhält sich Schraffe zu Zwischenraum:

bei	0°	Böschung	wie	0 : 45	=	0 : 9,
"	5°	"	"	5 : 40	=	1 : 8,
"	10°	"	"	10 : 35	=	2 : 7,
"	15°	"	"	15 : 30	=	3 : 6,
"	20°	"	"	20 : 25	=	4 : 5,
"	25°	"	"	25 : 20	=	5 : 4,
"	30°	"	"	30 : 15	=	6 : 3,
"	35°	"	"	35 : 10	=	7 : 2,
"	40°	"	"	40 : 5	=	8 : 1,
"	45°	"	"	45 : 0	=	9 : 0.

Um das angegebene Verhältnis zu erreichen, wird festgesetzt, wieviel Striche auf 1 cm nebeneinander zu ziehen sind. Bei 1° kommen 10 Striche auf 1 cm, bei 2° 13 Striche usw., vgl. auch Fig. 33. Die Bergstriche werden in der Richtung des stärksten Gefälles gezeichnet, folgen also dem Lauf einer den Abhang hinabrollenden Kugel oder dem Lauf des Wassers. Sie stehen demnach senkrecht auf den Niveaukurven, die also vorhanden sein müssen, wenn sie auch *nach* der Zeichnung der Striche überflüssig sind. Die *Bodenformen* sind aus der Richtung und Lage der Striche zueinander zu erkennen und erscheinen plastisch (Fig. 34). Bei einer *Kuppe* (1) gehen die eine weiße Fläche umschließenden Bergstriche von oben gesehen von dieser auseinander. Bei einem *Kessel* laufen sie zur weißen Fläche zusammen. Bei einem *Rücken* (4) laufen die Bergstriche an den Abhängen von oben gesehen von der Mittellinie (Geripplinie, Wasserscheide) aus nach zwei Seiten auseinander. Bei einer *Mulde* (5) laufen die Striche gegen die Mittellinie abwärts, d. h. nach dem Gefälle zu, zusammen. Bei einer *Schlucht* (6) treffen sie gegen diese Mittellinie unter einem Winkel zusammen; je größer derselbe ist, desto stärker ist der Einschnitt des Geländes. Bei einem *Sattel* (2) umschließen die Striche eine weiße Fläche mit eingebogenen Seiten. Besonders ist die Darstellung der Dünen und Steilränder zu beachten, bei der man je nach den Erhebungen Schraffen von bestimmter Länge verwendet (Fig. 35).[6] Ein Weg ist *horizontal*, wenn er die Bergstriche rechtwinklig schneidet und um so steiler, je mehr sich seine Richtung derjenigen der Bergstriche nähert.

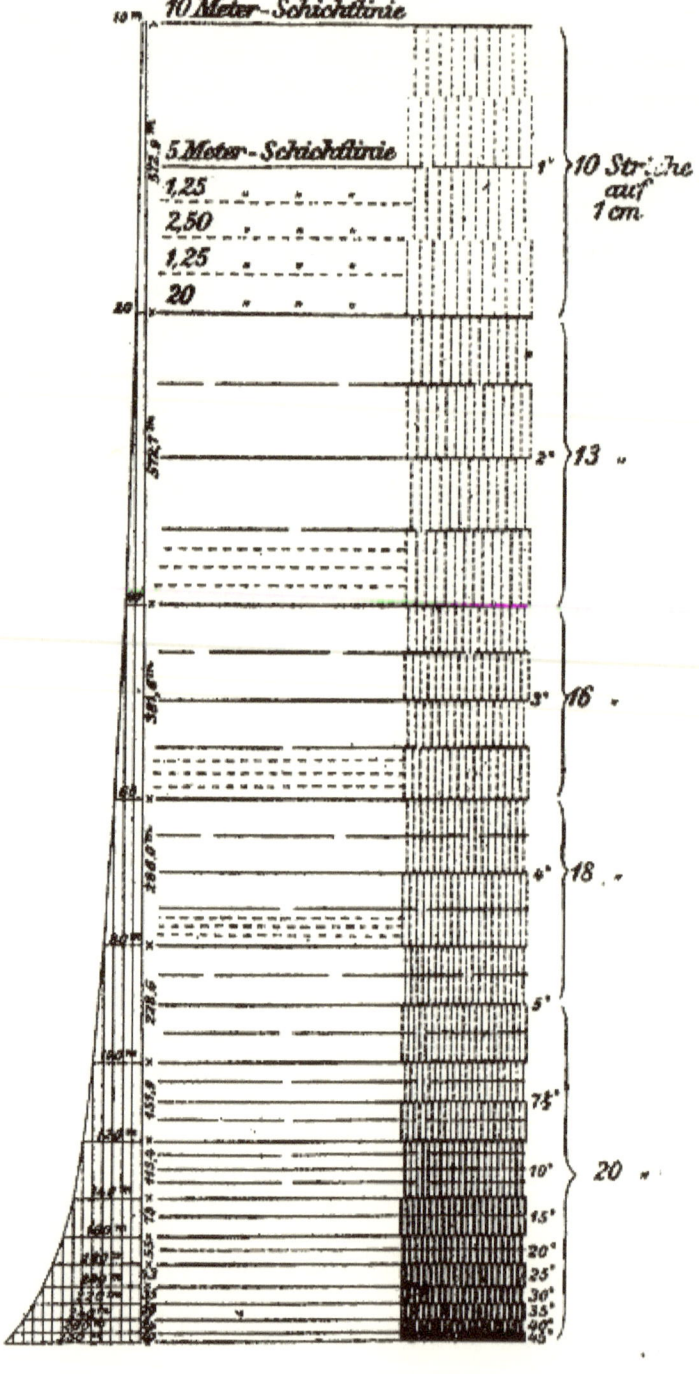

58

Fig. 33.

General v. Müffling versuchte, die einzelnen Steigungen noch deutlicher zu machen, indem er zur Unterscheidung des Böschungsgrades punktierte, geschlängelte und abwechselnd dicke und dünne Striche einführte. Seine Manier findet bei der Karte des Deutschen Reiches 1 : 100 000 Verwendung, und zwar nur bis 10° Steigung, von da ab aufwärts wird nach Lehmannscher Manier gezeichnet.

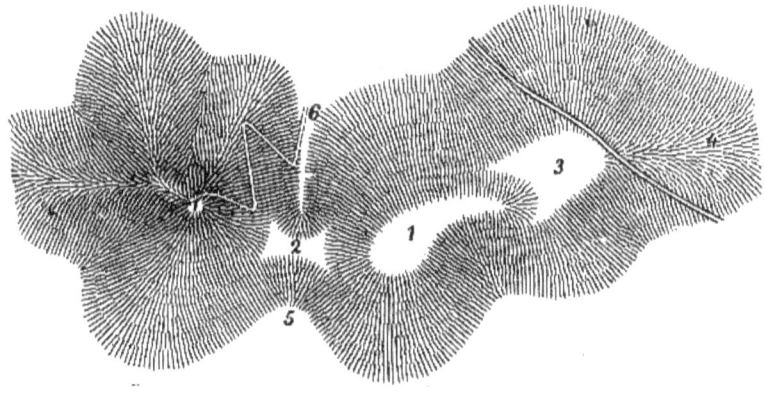

Fig. 34.

Die Bergstriche stellen im Gegensatz zu den Höhenlinien das Gelände plastisch dar, was für die Anschauung wichtig ist. Andere Mittel, dies zu erreichen, bestehen in der Verbindung von Höhenlinien und Flächentönen unter Annahme senkrechter oder schiefer Beleuchtung (sog. Schummerung) und in der Darstellung von Höhenschichten durch verschiedene Farben.

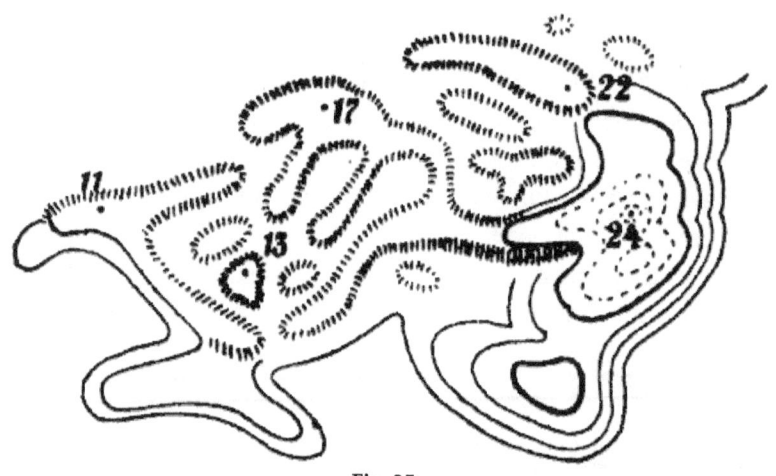

Fig. 35.

§ 15. **Vervielfältigung und Vertrieb der Karten.**
Nachdem das Meßtischblatt vollständig fertig gestellt und
geprüft ist, werden mehrere photographische Kopien von
ihm angefertigt. Zwei von ihnen werden für den
Lithographen und Kupferstecher mit topographischen
Farben angelegt und auf Leinwand aufgezogen, auf zwei
anderen werden die politischen Grenzen angelegt. Nach
Erledigung dieser Arbeiten sowie nach Aufstellung
verschiedener Verzeichnisse wird die Originalzeichnung auf
Leinwand aufgezogen und im Kartenarchiv niedergelegt.

Zur *Vervielfältigung* der Meßtischblätter wird der
Steindruck, die Lithographie, benutzt. Der Steindruck ist
billiger wie der Kupferdruck, läßt aber schwerer
Korrekturen zu. Auch ist es unbequem, die zahlreichen
schweren Steine und Umdrucksteine aufzubewahren. Man
verwendet ausschließlich Solenhofer Schiefersteine, die 30 M.
das Stück kosten. Die Zeichnung wird mit Gelatinepausen
auf den Stein übertragen; der Lithograph ritzt dann mit
einem Stichel das Kartenbild sauber ein. Um den
Originalstein zu schonen, wird von ihm auf sog.
chinesischem Papier ein fetter Druck hergestellt und auf
einen anderen Stein mittels einer Druckpresse aufgedrückt.

Durch Ätzen mit einer Säure wird nun der nicht bedruckte Teil des Steines vertieft, der bedruckte bleibt dann erhaben. Diese erhabenen Teile nehmen die Farbe von der Druckwalze leichter an und übertragen sie auf das Papier, das durch die Walze der Maschine geht. Preußen verwendet Schwarzdruck für seine Meßtischblätter, deshalb hat der Lithograph nur eine Platte herzustellen; Farben werden mit der Hand aufgetragen.

Für die Vervielfältigung der Karte des Deutschen Reiches 1 : 100 000 wird der Kupferdruck verwendet. Er ist zwar teurer wie der Steindruck, aber die einzelnen Platten sind leichter, handlicher, widerstandsfähiger und gestatten leichter Nachträge und Verbesserungen zu machen. Die Originalzeichnung wird zunächst verkleinert und dann durch eine Pause auf die Kupferplatte übertragen und auf dieser als Spiegelbild eingraviert. Von dieser Originalkupferplatte werden die Abzüge hergestellt. Die Gravierung dauert beim Steindruck und Kupferdruck mindestens ein Jahr. Bemerkt sei noch, daß die Bodenformen auf der Karte des Deutschen Reiches durch Bergstriche, auf den Meßtischblättern durch Höhenkurven dargestellt werden.

Der Vertrieb der Karten erfolgt durch die Plankammer der Landesaufnahme Berlin NW 40, Moltkestr. 4, oder durch besondere Kartenvertriebsstellen (der Landesaufnahme oder von Eisenschmidt, Berlin NW 7, Dorotheenstr. 60, oder von Simon Schropp, Dorotheenstr. 53). Bei der Bestellung sind Namen und Nummer des Blattes anzugeben, die aus besonderen *Übersichtskarten* zu entnehmen sind (Verzeichnisse und Übersichten sämtlicher von der Kgl. Preuß. Landesaufnahme veröffentlichten Generalstabskarten). Auch diese kann man bei obigen Stellen, und zwar unentgeltlich beziehen; sie sollten in keiner Schule fehlen.

Ein Meßtischblatt kostet 0,80 M. (0,25 M.), mit Handkolorit 1,40 M., Karte des Deutschen Reiches: Ausgabe A (Grenzen, größere Gewässer farbig) unaufgezogen 2 M. (1 M.); Ausgabe B Buntdruck 2 M. (1 M.); Ausgabe C Umdruck, farbig, 1 M. (0,50 M.). Die Preise in Klammern gelten für den Dienstgebrauch bzw. für Lehrzwecke bei Bezug durch die amtlichen Vertriebsstellen, die nicht eingeklammerten Preise gelten für den Buchhandel.

Die *Kosten* einer Landesaufnahme sind nicht unbedeutend. Ein Meßtischblatt kostet etwa 10 000 Mark. Jährlich werden ungefähr 100 Blätter aufgenommen, die zusammen fast eine Million Mark Kosten verursachen. Ein zahlreiches, gut eingearbeitetes Personal ist nötig. Die preußische Landesaufnahme zählt nahezu 300 Offiziere und Beamte. Jedes Jahr sollen rund 10 000 qkm aufgenommen werden, mithin würde die Aufnahme Preußens nahezu 35 Jahre dauern. Im ganzen sind 3699 Meßtischblätter zu bearbeiten.

Zum Vergleich sei angeführt, daß die Spezialvermessung der Stadt Berlin, ausgeführt von dem städtischen Vermessungsamt, 22½ Jahre gedauert und etwa 1½ Millionen Mark gekostet hat. Die Fläche der Stadt Berlin beträgt rund 6000 ha.

ZWEITER TEIL
DAS KROKI

§ 16. **Einleitung. Grundbegriffe.** Unter einem *Kroki* versteht man die in beschränkter Zeit mit den einfachsten Meß- und Zeichenvorrichtungen aufgenommene, ungefähr maßstäblich hergestellte Zeichnung eines Geländestückes. Das Kroki nimmt demnach eine Mittelstellung zwischen Karte und Skizze ein. Die *Karte* ist das Ergebnis genauer wissenschaftlicher Aufnahmen und Zeichnungen, die *Skizze* beruht auf *flüchtigen*, oft nur einem einzigen Zweck dienenden unmaßstäblichen *Handzeichnungen* nach *Augenmaß*, bei denen ein *Genauigkeitsgrad* nicht angegeben werden kann, während dies bei einem Kroki immerhin möglich ist. Bei dem heutigen Stande des Kartenwesens wird es meistens darauf ankommen, ein Kroki unter Benutzung vorhandener Karten anzufertigen, um neue Stellungen, Batterien, neue Wege, Brücken und andere Veränderungen einzutragen. Sehr oft wird es dann auch möglich sein, auf Grund dieser Krokis die Karten auf ihre Genauigkeit hin zu prüfen, wenn bei den Messungen von festen, in den Karten bereits vorhandenen Punkten, ausgegangen wurde. Dies dürfte namentlich im Kriege gelten, wo die oft schlechten Karten der Feinde benutzt werden müssen. Bevor nun die Arbeiten beim Krokieren im Zusammenhange behandelt werden, dürfte es angebracht sein, die Methoden zur Bestimmung von *Entfernungen*, *Winkeln* und *Höhen*, auf die es hier ankommt, im einzelnen anzugeben.

§ 17. **Orientieren der Karte. Festlegen von Punkten und Richtungen.** Sämtliche Karten der Landesaufnahme sind so »orientiert«, daß ihre Ränder mit den Himmelsrichtungen zusammenfallen. Es würde demnach der Rand, welcher die

Zahlen für die Breitenminuten enthält, nach *astronomisch* Nord zeigen. Die Kartenschrift würde die West-Ost-Richtung angeben. Im *Gelände* würde man zunächst den Standpunkt auf der Karte aufsuchen und sie dann so weit drehen, bis die Richtung nach einem deutlich sichtbaren Punkt in der Natur (Kirchturm usw.) mit der Richtung nach demselben Punkt auf der Karte zusammenfällt. Liegt der Standpunkt an einem Wege, dann wird die Wegrichtung selbst in Übereinstimmung zu bringen sein. Befindet man sich in einer unbekannten Gegend oder kennt man nur den Standpunkt, dann benutzt man zur Orientierung einen *Taschenkompaß*. Diesen legt man auf den Punkt oder an den Rand der Karte so, daß die Nord-Süd-Linie des Kompasses mit der der Karte übereinstimmt. Dann dreht man die Karte so lange, bis das Nordende der Magnetnadel über dem Deklinationsstrich des Kompasses einspielt.

Für Mitteleuropa ist die Deklination eine westliche, d. h. die astronomische Nordrichtung liegt östlich der magnetischen, und zwar um etwa 10°. Für Berlin beträgt die Deklination 1917 etwa 8°.

Fig. 36.

Ist die Karte orientiert, dann kann man Punkte, die in der Natur nicht leicht auffindbar sind, durch die Richtungen nach ihnen feststellen. Liegt der Standpunkt nicht an einer Wegeecke usw., sondern mitten im freien Gelände, dann kann man ihn genauer festlegen und in die Karte eintragen, indem man die Entfernungen nach festen Punkten abschreitet und diese Maße auf der Karte absetzt. Soll von einem Punkte A aus die Richtung nach einem anderen Punkte B, der in der Karte nicht vorhanden ist, in diese eingezeichnet werden, dann orientiert man die Karte über dem Punkt A, legt z. B. eine Linealkante in die Richtung nach B und zieht eine Linie am Lineal entlang nach B in der Natur. Auf diese Weise würde man z. B. den Standpunkt eines Geschützes leicht in der Karte festlegen können. Man ziehe bei orientierter Karte z. B. von zwei Wegeecken die Strahlen nach dem Geschütz; dann legt ihr Schnitt dasselbe in der Karte fest (Vorwärtsabschnitt). Umgekehrt könnte man eine Richtung auf der Karte, also z. B. die

65

Marschrichtung nach B von A aus ins Gelände übertragen, ohne daß man B sieht. Man verbinde auf der Karte A und B durch eine Bleilinie und bestimme die Himmelsrichtung von A–B genauer als durch Schätzung durch eine auf die Karte um A in Blei oder auf Pauspapier gezeichnete Windrose. Im Gelände stellt man sich in A auf, dreht den Kompaß so weit, bis die Nadel auf den Deklinationsstrich zeigt, und marschiert in der vorher auf der Karte ermittelten Himmelsrichtung nach B, die *jetzt* der Kompaß anzeigt. Die Richtung nach B wird man zweckmäßig durch Stäbe oder Büsche bezeichnen oder sich Bäume usw. merken, die in der Richtung liegen. Auf diese Weise kann man sich in schwierigem Gelände auch vor dem Verlaufen schützen. Die Himmelsrichtungen von Wegen in der Natur müssen nämlich mit den Himmelsrichtungen der gleichen Wege auf der Karte übereinstimmen. Sehr vorteilhaft ist dabei die Benutzung einer einfachen Diopterbussole, die nichts anderes ist als ein Kompaß mit Gradeinteilung am Rande und mit Zielvorrichtung (Diopter) (Fig. 36).

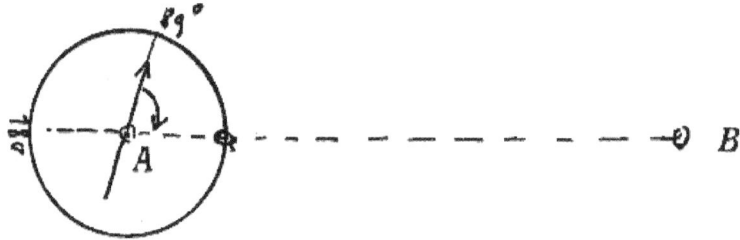

Fig. 37.

Die Linie N–S fällt mit der Linie 0°–180° der Gradteilung zusammen, die zweckmäßig links herum beziffert ist. Um die Abweichung (Neigung) einer Linie A–B gegen magnetisch Nord in Graden zu erhalten, dreht man in A die Bussole so, daß 0° nach B zeigt (Fig. 37). An dem Nordende der Nadel liest man dann sofort die Neigung 89° ab. Angenommen, man hätte auf der nicht orientiert gehaltenen Karte den Winkel, den A–B mit der astronomischen Nordlinie bildet, zu 79° mit einem Transporteur (Fig. 38) gefunden, dann hätte man in *A* im Gelände die Bussole so weit zu drehen, bis man an der Nadel 89° (79° + 10° Deklination) abliest. Die Dioptervisur gibt die Marschrichtung nach *B* an.

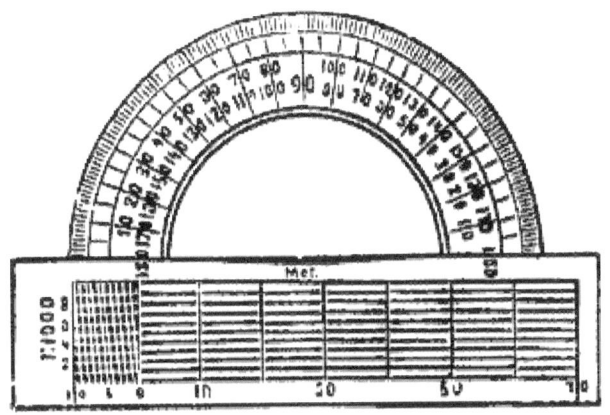

Fig. 38.

Zweckmäßig ist es, den Kompaß oder die Bussole auf einen Stab (ein Stativ) zu setzen oder aufzulegen. Die Nähe von Eisenteilen ist zu vermeiden.

§ 18. **Messen von Entfernungen.** Beim Krokieren werden die Entfernungen vorzugsweise *abgeschritten* (Doppelschritte) und dann in Meter umgerechnet. Es ist deshalb zweckmäßig, daß der Aufnehmende seine Schrittlänge mit einer bestimmten Länge in Metern vergleicht (Kilometersteine an Chausseen usw.). Nach Jordan kann man die Schrittlänge eines 20jährigen Menschen von 1,75 m Größe zu 81 cm im Mittel für ebenes Gelände annehmen. Sie hängt ab von dem Alter des Menschen, dem Gefälle des Weges, der Marschdauer usw. Nach Jordan beträgt der Schrittwert

bei einer Steigung (aufwärts)

von   0° = 77 cm,

"   10° = 62   "

67

"	20°	= 50	"
"	30°	= 38	"

bei einem Gefälle (abwärts)

von	0°	= 77	cm,
"	10°	= 72	"
"	20°	= 67	"
"	30°	= 50	"

Auch *Schrittzähler* (Firma Reiß, Liebenwerda) können beim Krokieren verwendet werden. Will man für die Messung von Entfernungen ein Bandmaß aus Stahl oder Leinen nicht benutzen, dann fertige man sich eine *Meßschnur* von bestimmter Länge an.

Oft wird es nötig sein, eine Länge, z. B. die *Breite* eines *Flusses*, indirekt zu bestimmen. Dies kann in folgender Weise geschehen: durch *Vorwärtsabschnitt*. Am Ufer werden zwei Standpunkte *A* und *B* gewählt, deren Entfernung abgeschritten wird. Im beliebigen Maßstab wird diese Standlinie auf dem Krokierbogen als *a–b* aufgetragen. In *A* wird der Krokiertisch oder die Krokiermappe so orientiert, daß *a* senkrecht über *A* und *a–b* in der Ebene *A–B* liegen. An einer Linealkante wird nun eine Bleilinie durch *a* nach einem Punkt *C* am anderen Ufer gezogen und ebenso beim Stand über *B* eine Linie durch *b* nach *C*. Der Schnitt der beiden Bleilinien ergibt *c*, und *a–c* ist dann die Breite des Flusses im Maßstab der Zeichnung. *A–C* soll möglichst rechtwinklig zur Stromrichtung liegen. Ein *anderes* Verfahren ist folgendes (<u>Fig. 39</u>): Eine Linie *A–B* wird an dem einen Ufer rechtwinklig zur Flußrichtung abgesteckt, ebenso *a–b* rechtwinklig zu *A–B*, und zwar so, daß die Verlängerung von *a–b* auf einen Punkt *C* am anderen Ufer trifft. *m*, *n* und *r* sind gemessen. Dann verhält sich:

$$x : x + r = n : m,$$

oder

$$x : r = n : m - n,$$

$$x = {}^{r \,\cdot\, n}/_{m \,-\, n}.$$

Daraus ist x zu berechnen.

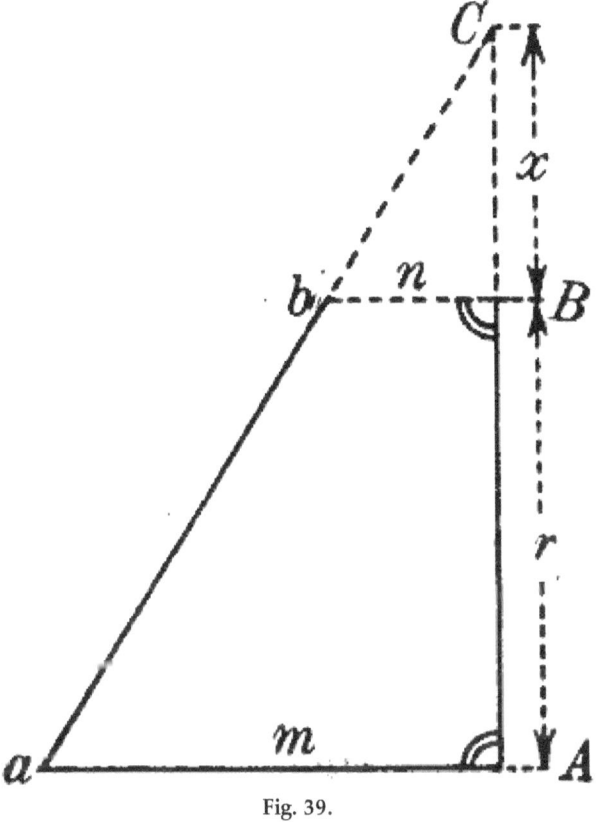

Fig. 39.

Eine *andere* Anordnung der ähnlichen Dreiecke ist folgende (Fig. 40): A und B sind zwei Punkte an dem einen Ufer, C ist ein Punkt am anderen Ufer. b und c sind so gewählt, daß B–b parallel C–c wird. Dann ist

$$x = r \cdot {}^{n}/_{m}.$$

A–c ist rechtwinklig zu A–C. B–b und C–c sind parallel,

69

wenn ihre rechtwinkligen Abstände gleich sind.

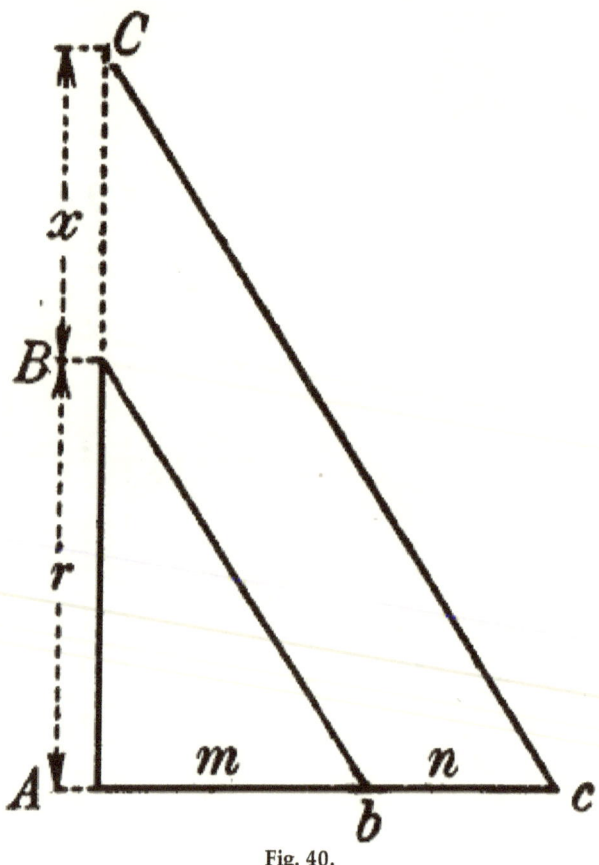

Fig. 40.

Ein anderes *einfaches* Verfahren ergibt sich aus der
Benutzung eines *Winkelkreuzes*. Ein Stab *a* wird am Flußufer
in die Erde gesteckt und ein anderer *b* kippbar an ihm
angebracht. *b* wird so weit gekippt, bis seine Verlängerung
auf einen Punkt am anderen Ufer zeigt. Jetzt dreht man *a*
lotrecht um seine Achse so weit, bis *b* in der *vorigen* Lage auf
einen Punkt *P* am diesseitigen Ufer zeigt, der mit dem am
jenseitigen nahezu gleich hoch liegt. Die Entfernung von *P*
nach dem Stab *a* ist dann nahezu gleich der Flußbreite.

Hier sei hinzugefügt, daß die *Geschwindigkeit* des fließenden Wassers festgestellt wird, indem man ein Stück Holz in den Fluß wirft und dann beobachtet, wie lange es braucht, um eine bestimmte Strecke (am Ufer gemessen) stromab zu treiben.

Die *Wassertiefe* wird mit eingeteilten Stangen (Peilstangen) gemessen.

§ 19. **Messen von Horizontalwinkeln.** Beim Krokieren kann es sich nicht um die Messung von Horizontalwinkeln mit dem Theodolit handeln. Hier müssen einfache Methoden angegeben werden:

1. *Zeichnen* auf dem Kroki durch *Visieren*. Die Schenkel des Winkels werden durch Stäbe bezeichnet. Aufstellen im Scheitelpunkt, Orientieren des Krokis und Zielen nach dem einen Schenkel entlang der Kante eines Lineals oder Bleistifts. An der Linealkante wird eine Bleilinie gezogen und eine zweite beim Zielen nach dem anderen Schenkel. Bedingung ist, daß die Orientierung bleibt. Vorteilhaft ist es, das Kroki fest aufzulegen.

2. *Nachzeichnen* des Winkels. Man kratzt auf dem Boden den Winkel mit einem Stab ein und bildet ihn mit zwei in ihren Löchern zusammengesteckten Linealen oder mit einem Zirkel nach. Die Zirkel- oder Linealöffnung wird auf dem Kroki nachgezeichnet. Noch besser ist es, den Winkel im Gelände mit einem Transporteur nachzumessen und dann auf dem Kroki abzutragen.

3. *Konstruktion* eines Dreiecks. Vom Scheitelpunkte aus wird im Gelände ein Dreieck mit zwei Seiten auf den Schenkeln des Winkels oder seines Nebenwinkels abgeschritten oder mit Bandmaß abgemessen und dann auf dem Kroki durch Bogenschlag konstruiert. Zweckmäßig dürfte es sein, ein rechtwinkliges Dreieck abzumessen, d. h. den rechtwinkligen Abstand des einen Schenkels vom anderen zu bestimmen. Für Schüler wird es eine gute

Übung sein, den Winkel aus den Seiten zu berechnen und dann mit einem Transporteur (Winkelmesser) auf der Zeichnung zu vergleichen.

4. *Messen* des Winkels mit der *Bussole.*[7] Aufstellen im Scheitel. Visieren nach dem einen Schenkel und Ablesen an der Nadel. Dann Visieren nach dem anderen Schenkel und Ablesen. Die Differenz der Ablesungen ergibt den Winkel in Graden. Auftragen auf dem Kroki mit einem Transporteur.

§ 20. **Messen von Böschungswinkeln. Berechnung von Höhenunterschieden.** Die Bestimmung der Größe des Böschungswinkels ist für die militärische Ersteigbarkeit des Geländes sehr wichtig. So kann Infanterie nur bis 18° Steigung geschlossen ohne Tritt, bis 30° in Schützenlinie, über 30° nur durch Klettern einen Abhang hinaufkommen. Artillerie kann bis 7° bergauf Trab und Galopp, bergab nur mit Hemmschuh fahren. Kavallerie kann bis 12° im Schritt geschlossen hinauf reiten. Auch für die Beurteilung der Marschgeschwindigkeit einer Truppe ist die Angabe der Steigung eines Weges oder Geländes nötig (vgl. § 18). Mit dem Böschungswinkel α kann man ferner auf einfache Weise den Höhenunterschied h zweier Punkte und damit auch die Höhe des einen Punktes berechnen, wenn die gegenseitige Entfernung d bekannt ist. Es ist, wie schon früher im § 11 gezeigt wurde,

$$h = d \cdot \text{tg } \alpha.$$

Eine einfachere Beziehung erhält man so: Sieht man h als Bogen zum Zentriwinkel α in einem Kreis mit dem Radius d an, dann ist:

$$h : 2\,d\,\pi = \alpha° : 360°$$

oder

$$h = \alpha° \cdot \frac{d\,\pi}{180°} = \alpha° \cdot \frac{d}{\left(180°/\pi\right)}.$$

$\pi = 3{,}1416$, also $180°/\pi = 57{,}3° \approx 60°$ für α in Graden.

Demnach

$$h = \alpha° \cdot {}^d/_{60°}.$$

Ist z. B. $\alpha = 5°$, $d = 300$ m, dann ist

$$h = {}^{5 \cdot 300 \text{ m}}/_{60} = 25 \text{ m}.$$

Diese Formel gilt nur näherungsweise und nur für kleinere Winkel α.

Umkehrung. Kennt man h und d, dann läßt sich α berechnen.

Die Größe des Böschungswinkels α wird wie folgt ermittelt:

1. Durch *Nachbilden* des Winkels mit Zirkel. Am besten benutzt man dazu einen Wandtafelzirkel, dessen Bügel eine Gradteilung besitzt. Man lege den einen Schenkel horizontal und den anderen parallel der Böschungslinie. Den Winkel lese man an der Gradteilung ab oder an einem auf die Zirkelöffnung gelegten Transporteur.

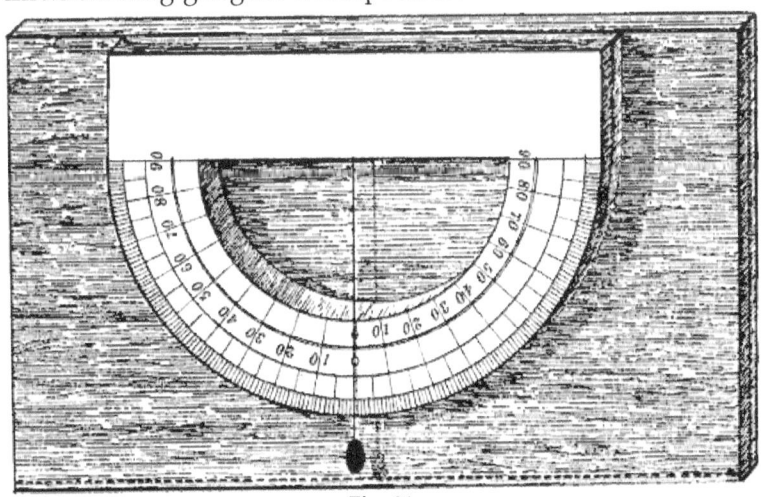

Fig. 41.

2. Durch einen *Höhenhalbkreis* ([Fig. 41](#)). Ein Halbkreistransporteur aus Pappe wird so beziffert, daß 0° in der Mitte des Halbkreises und 90° rechts und links liegen.

Jetzt befestigt man ihn mit einem Nagel an einem Stabe so, daß bei horizontaler Lage der Durchmesserkante und lotrechtem Stab gegenüber einem aufgehängten Lot 0° abgelesen wird. Stellt man jetzt in einiger Entfernung an der Böschung einen Stab von gleicher Länge auf und visiert entlang der Kante des Transporteurs nach der Spitze dieses Stabes, dann ergibt die Ablesung an der Teilung gegenüber dem Lot oder der Lotschnur den Böschungswinkel.

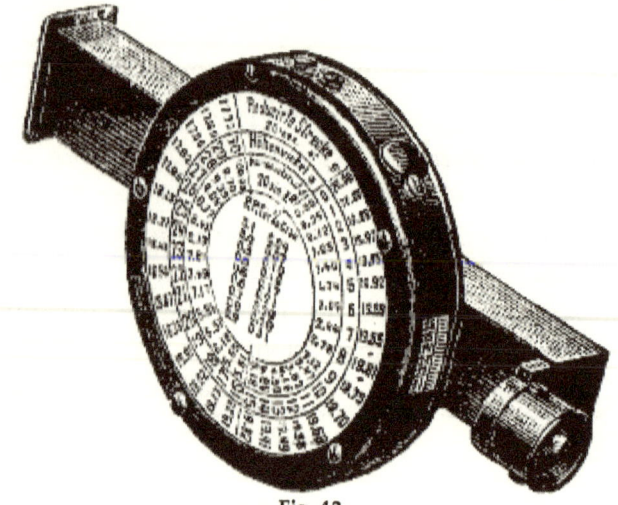

Fig. 42.

3. Mit einem *Böschungsmesser* (Fig. 42). Ein metallenes Rad ist auf seinem Reifen in Grade eingeteilt und schwingt um eine dünne Welle. Durch ein seitlich angebrachtes Diopter wird das Ziel und durch eine Lupe die Teilung betrachtet. Das Rad ist so beschwert, daß bei horizontaler Sicht 0° abgelesen werden soll. Bei geneigter Sicht wird also der Böschungswinkel angegeben. Auf der Deckplatte des Instruments befindet sich eine Tabelle für die Berechnung der Höhenunterschiede für die geneigte Länge $s = 20$ m. Der Preis beträgt in Lederkapsel 20 M. Das Instrument heißt auch Gefällmesser nach Brandis und ist von der Firma Wolz in Bonn oder Reiß in Liebenwerda zu beziehen.

74

Den Böschungsmesser legt man zweckmäßig auf einen Stab und beobachtet, um den Böschungswinkel zu ermitteln, nach der Spitze eines anderen gleich hohen Stabes.

Für die Berechnung der Höhenunterschiede wird vorher eine Tabelle aufgestellt, aus der man diese für bestimmte Entfernungen und Winkel entnehmen kann. Auf S. 47 sei eine »Steigetabelle« nach Koßmann angeführt. Die unteren Zahlen im Feld geben die horizontalen, die oberen die schrägen Entfernungen an; so ist z. B. bei 10° Böschungswinkel und 5 m Steigung die horizontale Entfernung 28 m, die schräge 29 m.

Steigetabelle (1–10 Meter)

Böschungswinkel in Graden	Steigung in Metern									
	1	2	3	4	5	6	7	8	9	1
1	57	115	172	229	286	344	401	458	516	5
2,5	23	46	69	92	115	138	160	183	206	2
5	12	23	34	46	57	69	80	92	103	1
7,5 {	8	15	23	31	38	46	54	61	69	
							53	60	68	
10 {	6	12	17	23	29	35	40	46	52	
					28	34	39	45	51	
12,5 {	5	9	14	18	23	28	32	37	42	
						27	31	36	41	
15 {	4	8	12	16	19	23	27	31	35	
		7	11	15	18	22	26	30	34	
17,5 {	3	6	10	13	16	19	23	26	29	
							22	25	28	
20 {	3	6	9	12	15	18	20	23	26	
		5	8	11	14	17	19	22	25	
22,5 {	3	5	8	10	13	15	18	20	23	
			7	9	12	14	17	19	21	

Winkel									
25 {	2	5	7	10	12	14	16	18	21
		4	6	8	11	13	14	16	18
27,5 {	2	4	6	9	11	13	15	17	19
				8	10	11	13	15	17
30 {	2	4	6	8	10	12	14	16	18
		3	5	7	9	10	12	14	16
32,5 {	2	4	6	7	9	11	13	15	17
		3	5	6	8	9	11	13	14
35 {	2	3	5	7	9	10	12	14	16
	1		4	6	7	9	10	11	13

Steigetabelle (11–20 Meter)

Böschungswinkel in Graden	Steigung in Metern								
	11	12	13	14	15	16	17	18	19
1	630	688	745	802	860	917	974	1031	1089
2,5	252	275	298	321	344	367	390	412	435
5	126	138	149	161	172	184	195	206	218
7,5 {	84	92	99	107	115	123	130	138	146
	83	90	98	106	114	122	129	137	144
10 {	63	69	75	81	86	92	98	104	109
	62	68	74	79	85	91	96	102	107
12,5 {	51	55	60	65	69	74	79	83	88
	50	54	59	63	68	72	77	81	86
15 {	43	46	50	54	58	62	66	70	73
	41	45	49	52	56	60	63	67	71
17,5 {	36	39	43	46	50	53	56	60	63
	35	37	41	44	48	50	53	57	60
20 {	32	35	38	41	44	47	50	53	56
	30	33	36	38	41	44	47	50	53
22,5 {	28	31	34	36	39	42	44	47	50
	26	29	31	33	36	39	41	44	46
{	26	28	31	33	35	38	40	43	45

	23	26	28	30	32	34	36	39	41
27,5	24	26	28	30	32	35	37	39	41
	21	23	25	27	29	30	32	34	36
30	22	24	26	28	30	32	34	36	38
	19	21	23	24	26	28	29	31	33
32,5	20	22	24	26	28	30	32	34	35
	17	19	20	22	24	26	27	29	30
35	19	21	23	24	26	28	30	31	33
	16	17	19	20	21	23	24	26	27

§ 21. **Krokieren im Zusammenhange.** Für die Ausrüstung dürften nötig sein:

a) ein Krokierdeckel oder Krokierbrett als Unterlage für das Krokierpapier oder ein Krokiertisch oder eine Krokiermappe zum Anhängen. Auch Krokierhefte genügen. Das Papier wird mit Zwecken oder Gummibändern befestigt.

b) Krokierpapier und Pauspapier;

c) Bleistifte Nr. 2, 3 und Farbstifte in Krokieretuis von Reiß in Liebenwerda;

d) ein Lineal mit Teilung, vielleicht auch Schrittmaßstab; Papiermaßstab, Zirkel, Meßschnur;

e) Blei- und Tintengummi;

f) Stiftspitzer und Federmesser;

g) Leim zum Aufkleben der Bogen;

h) Transporteur;

i) Kompaß oder Bussole;

k) Zeichenfedern, schwarze Tusche, Ziehfedern;

l) ein oder mehrere Dreiecke zum Ausziehen;

m) Rundschriftfedern.

Zweckmäßig ist es, eine *Krokiertasche* zur Aufnahme der

kleineren Gegenstände mitzunehmen, wie solche von Bormann, Berlin, billig bezogen werden kann. Auch größere *Feldbuchmappen* von Reiß sind zu empfehlen.

Jedenfalls bleibt die Wahl der Ausrüstung und was man davon ins Feld mitnimmt am besten dem Einzelnen überlassen; sie richtet sich eben nach dem, was vorhanden ist, nach den Mitteln, die zur Verfügung stehen und nach den Anforderungen, die an die Arbeit gestellt werden. Deshalb wurden auch Instrumente wie Gefällmesser, Diopterlineal, Orientierbussole, Meßband, Winkelspiegel nicht erwähnt. Vorhandene Karten und Tabellen zum Umrechnen werden natürlich mitgenommen. Die Gegenstände unter k, l, m gelten für die Ausarbeitung des Krokis im Zimmer. Diese erfolgt unter Beachtung der vorgeschriebenen Signaturen.

Für die *Aufnahme* im Zusammenhange ist folgendes zu beachten: Zunächst wird die *Nordrichtung* auf dem Kroki parallel dem Rande angenommen. Dann wird im Gelände ein erhöhter *Standpunkt* gewählt und an einer Stelle im Kroki eingezeichnet, so daß der ganze aufzuzeichnende Geländeabschnitt auf dem Papier Platz hat. Danach richtet sich auch der *Maßstab* des Krokis. Noch besser ist es, statt eines Stand*punktes* eine *Standlinie* (Weg, Bahn) als *Basis* für die Aufnahme zu wählen oder den *Standpunkt* in den *Schnitt* zweier Wege zu legen. Auf dem ersten Standpunkt wird das Kroki *orientiert*, d. h. so gedreht, bis die angenommene Nordrichtung mit der wirklichen zusammenfällt. Von dem Standpunkte aus werden andere für die Lage und Höhe wichtige Punkte nach der *Polarmethode* festgelegt. Dieses Verfahren besteht darin, daß unter *strenger* Einhaltung der Orientierung die Ziellinien nach den einzelnen Punkten entlang einer Linealkante gezogen und die zugehörigen Entfernungen abgeschritten und auf den Bleilinien oder an der Linealkante abgesetzt werden. Zur Bestimmung der *Höhe* der Punkte werden die Böschungswinkel wie früher angegeben gemessen und die Höhenunterschiede berechnet. Für den Standpunkt wählt man eine beliebige Zahl als *Anfangshöhe* und erhält dann durch den Höhenunterschied die Höhen der anderen Punkte. Setzt man den Böschungsmesser usw. auf einen Stab, dann ist dessen Länge bei der Berechnung zu berücksichtigen. Ist ein Höhenfestpunkt von der Landesaufnahme in der Nähe, so ist ein Anschluß an diesen geboten. Zweckmäßig dürfte es sein, bei der Messung der Entfernungen nach den Punkten in der Richtung nach diesen bei einem Böschungs*wechsel* immer gleich den Neigungswinkel und die zugehörige Entfernung zu bestimmen, um so Höhenpunkte als Anhalt für die Zeichnung der Horizontalkurven zu bekommen. Ist die Aufnahme auf dem ersten Standpunkt vollendet, dann wird an der Linealkante die Linie nach dem nächsten Standpunkt gezogen, die Entfernung abgeschritten und der Punkt eingetragen. Die Orientierung des Tisches oder der Mappe darf sich während der Arbeit nicht geändert haben. Man tut gut, eine Ziellinie als *Anfangs-* oder *Orientierungslinie* vielleicht durch Stäbe auszustecken, um ein Visieren nach ihr zu erleichtern. Die einzelnen Standpunkte werden zweckmäßig schon *vor* Beginn der Aufnahme durch Stäbe usw. bezeichnet, wie überhaupt eine kleine *Erkundung* durch Abgehen des Geländes vorteilhaft sein dürfte. Wie bei der Meßtischaufnahme wird man auch beim Krokieren sich den *Gang* der Aufnahme zurechtlegen und die einzelnen aufzunehmenden Punkte durch Stäbe, Pfähle oder Büsche bezeichnen.

Auf dem *zweiten* Standpunkt, dessen Höhe von dem ersten Standpunkt aus schon bestimmt war und sich auch durch Rückwärtsvisur nach diesem nochmals bestimmen läßt, wird ganz so verfahren wie auf dem ersten Standpunkt. Zur Probe ist es vorteilhaft, schon von diesem aufgenommene

Punkte nochmals anzuzielen und die Linien nach ihnen zu ziehen; dann werden sie durch *Vorwärtsabschneiden*, d. h. durch die *Einschneidemethode* von neuem festgelegt. Wird dies für alle Punkte festgehalten, dann ist die Entfernungs*messung* durch Abschreiten usw. überflüssig, denn die Punkte liegen ja durch den Schnitt der beiden Strahlen fest, und ihre Entfernung ergibt sich aus der Aufzeichnung, d. h. graphisch. Um aber beim Anzielen von beiden Standpunkten einer Verwechslung der Punkte vorzubeugen, dazu müssen die Punkte schon vorher bezeichnet und vielleicht sogar numeriert werden. Aber man bedenke, daß diese scheinbare Mehrarbeit dadurch aufgewogen wird, daß die Entfernungsmessung erspart wird. Das Einschneiden ist auch zweckmäßig für die Bestimmung des dritten Standpunktes, der also nicht nur vom zweiten, sondern auch vom ersten Standpunkt anzuzielen (anzupeilen) sein würde.

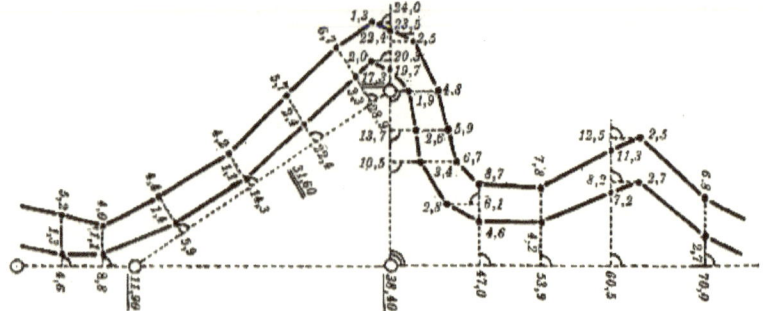

Fig. 43.

80

Fig. 44.

Für das Krokieren der einzelnen Knickpunkte von Wegen

oder Flußläufen ist die *Koordinatenmethode* anzuwenden. Denn von dem Standpunkte aus jeden dieser Punkte anzupeilen, dürfte Zeitvergeudung sein. Man kommt schneller zum Ziel, wenn man zwei Haupteckpunkte vom Standpunkte aus festlegt, diese verbindet und von der Verbindungslinie als *Basis* (*Abszisse*) die einzelnen Punkte außerhalb durch die seitlichen rechtwinkligen *Abstände* (*Ordinaten*) festlegt (Fig. 43). Dabei ist die Schreibweise der Zahlen zu beachten. Die rechten Winkel kann man nach Augenmaß oder genauer mit einem Winkelspiegel (Fig. 44) bestimmen, dessen Spiegelebenen sich unter einem Winkel von 45° schneiden. Die Abszisse wird beim Gebrauch des Spiegels durch Stäbe bezeichnet. Der Punkt der Abszisse, in dem diese Stäbe im *Spiegel* betrachtet sich mit dem Punkt *P* außerhalb decken, ist der Fußpunkt des rechten Winkels nach *P*. Als Abszisse oder Basis kann natürlich auch die Verbindungslinie zweier Standpunkte gelten, was namentlich dann in Betracht kommen wird, wenn sie auf einem Wege liegen und es darauf ankommt, die einzelnen Eckpunkte desselben oder eine Brücke, einen Durchlaß, seitlich abgehende Kulturgrenzen usw. aufzunehmen.

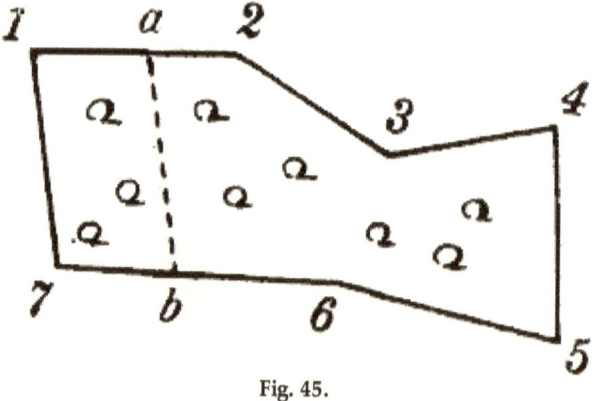

Fig. 45.

Handelt es sich darum, einen Wald, See oder überhaupt im Innern schwer zugängliches Gelände zu krokieren, dann

wendet man die *Umfangs-* oder *Polygonmethode* an (Fig. 45).
Dieselbe besteht darin, daß um das aufzunehmende Gebiet
ein *Vieleck* gelegt wird, das in sich geschlossen ist. Die
Eckpunkte (Polygonpunkte) sind die Standpunkte. Sie
werden schon vorher bestimmt und so gelegt, daß ihre
Verbindung in gangbares Gelände fällt. Die Winkel werden
auf dem Kroki nachgezeichnet (§ 19), die Entfernungen
abgeschritten. Diese bilden die Seiten des Polygons, und von
ihnen aus können die einzelnen Grenzpunkte eines Waldes
oder die Uferpunkte eines Sees nach der
Koordinatenmethode aufgemessen werden. Sind im Inneren
des Waldes Schlaggrenzen usw. zu krokieren, dann kann
dies von Verbindungslinien zweier Standpunkte oder von
Einbindelinien, z. B. *a–b*, geschehen, welche zwei Punkte auf
den Polygonseiten verbinden (Fig. 45).

Ist in einem See eine Insel aufzunehmen, dann werden
Punkte auf derselben am besten durch Vorwärtsabschneiden
bestimmt, weil die Entfernungen ja nicht meßbar sind. Die
Einschneidemethode gilt auch, wenn z. B. eine feindliche
Batterie nach dem Mündungsfeuer auf der Karte festgelegt
werden soll.

Die einzelnen Arbeiten beim Krokieren sind also, um noch
einmal zusammenzufassen:

1. Erkundung des Geländes, Orientieren des Krokis.

2. Annahme des ersten Standpunktes oder der ersten Standlinie nach der Größe des Geländeabschnitts und nach dem Maßstab.

3. Aufnahme der einzelnen Punkte nach Lage und, wenn nötig, nach Höhe vom ersten Standpunkt aus nach der Polar- oder Einschneidemethode unter steter Prüfung der Orientierung.

4. Bestimmen des zweiten Standpunktes durch Antragen des Winkels nach demselben in bezug auf eine Anfangslinie oder nach der Himmelsrichtung. Abmessen der Entfernung.

5. Auf dem zweiten Standpunkt sind die Arbeiten dieselben wie auf dem ersten Standpunkt. Weitere Standpunkte können jetzt durch Vorwärts- oder Seitwärtsabschneiden u. auch durch Rückwärtseinschneiden festgelegt werden.

6. Aufnahme von Wegen, Flußläufen usw. nach der *Koordinaten-*, von Wäldern, Seen usw. nach der *Umfangs*methode.

7. Nochmaliger Vergleich des Krokis mit der Natur, Vervollständigung der Situation und der Geländedarstellung. Wenn möglich Einzeichnen von Horizontalkurven und von Bergstrichen nach Augenmaß (Fig. 46).

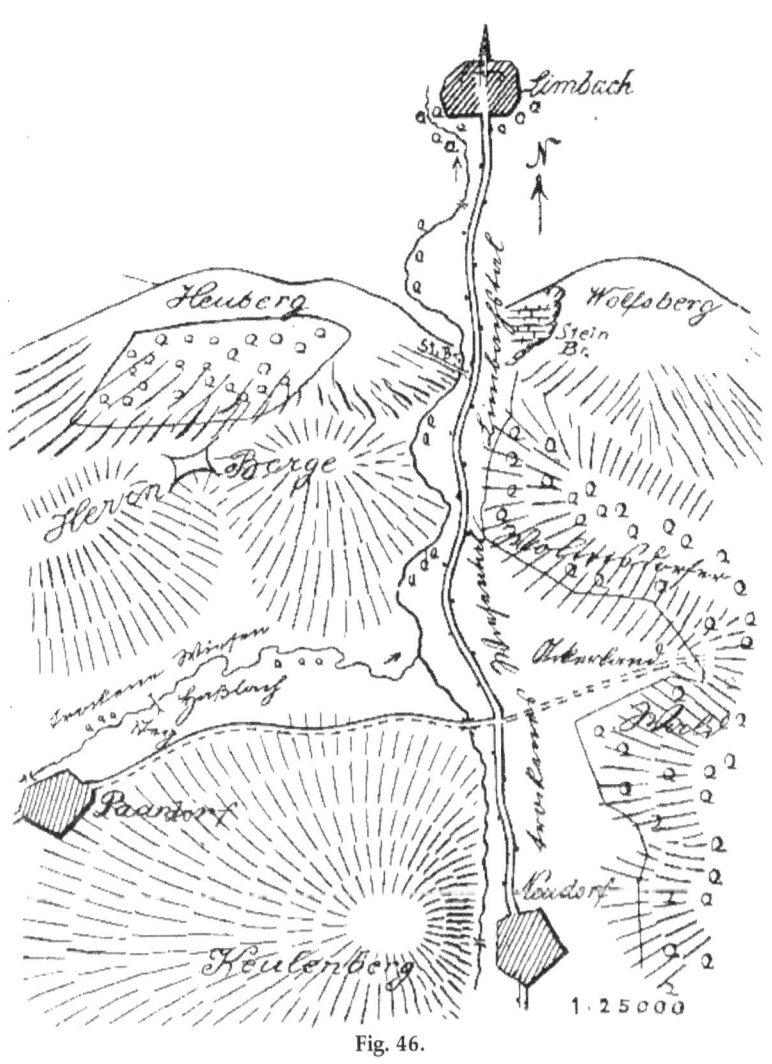

Fig. 46.

Nach *Hoderlein*, »Anleitung zum Krokieren«.

§ 22. Anfertigung von Krokis bei vorhandenen Karten.

Hier kann es sich darum handeln, vorhandene Karten abzuzeichnen oder zu vergrößern, um dann in diese Nachzeichnung Veränderungen auf Grund örtlicher Aufnahme einzutragen. Soll der Maßstab des Krokis derselbe sein wie der der Karte, dann fertigt man eine Pause auf Pauspapier an und drückt alle Linien usw. von dieser auf das Krokierpapier durch. Man kann auch die Rückseite der Pause mit weichem Blei schwärzen und dann diese Zeichnung durchdrücken. Ist die Karte zunächst zu vergrößern oder zu verkleinern, dann verfahre man nach § 9.

In dieses abgezeichnete Kroki werden nun die Veränderungen im Felde eingetragen. Die Zeichnung wird zunächst mit der Natur verglichen, auch werden einige Probemessungen zwischen festen Punkten (Wegkreuzungen) ausgeführt, um die Genauigkeit der Originalkarte zu prüfen. Für die Einmessung von Veränderungen kommen die in § 21 angegebenen Methoden in Betracht.

Als Standpunkte werden bereits in dem Kroki und in der Natur vorhandene Punkte benutzt. Oft wird es genügen, zwei derselben zu verbinden und von der Verbindungslinie als Basis die Veränderungen nach der Koordinatenmethode aufzunehmen. Oft auch werden einzelne Punkte, z. B. Geschützstellungen, eingemessen werden können, indem man sie von zwei Wegkreuzungen oder Eckpunkten durch Vorwärtsabschneiden festlegt. Strenge Orientierung des Krokis ist auch hier immer geboten.

Meistens wird man es vorziehen, alle diese Ergänzungsmessungen auf einem *besonderen* Feldbuch aufzuzeichnen, also gewissermaßen *Teilkrokis* anzufertigen, um erst später im Zimmer diese Aufzeichnungen in das *Hauptkroki* zu übertragen. Dann aber ist es wichtig, bei diesen besonderen Skizzen mit Anschlußzeichnungen nicht zu sparen, die es jedem ermöglichen, sich in das Gesamtbild hineinzudenken. Bei den Einmessungen kann nur an Punkte oder Linien angeschlossen werden, die schon auf dem alten Plan vorhanden sind.

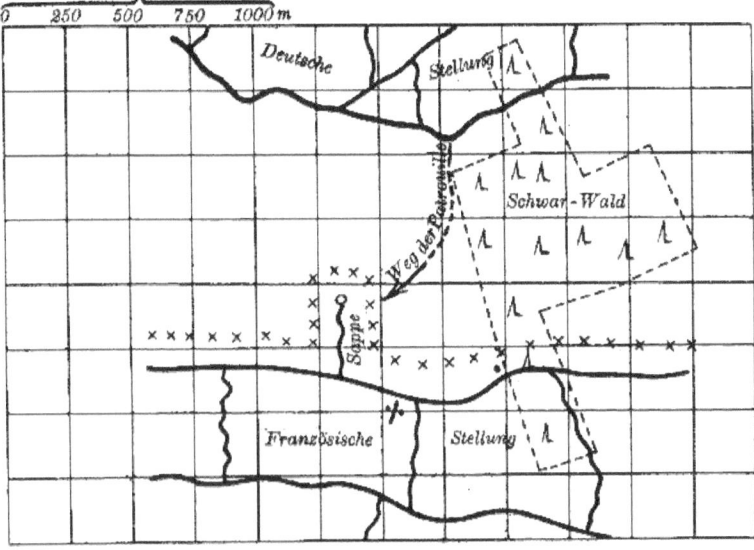

Fig. 47.

§ 23. Anfertigung von Skizzen. Eine Skizze soll zur Erläuterung eines Berichtes dienen und braucht deshalb weder maßstäblich zu sein noch auf Messungen zu beruhen. Situation und Gelände (Böschungen) werden nach Augenmaß gezeichnet bzw. angegeben, Signaturen möglichst einfach gehalten; sie brauchen nicht immer den Vorschriften zu entsprechen. So genügt es z. B. Wege und Flüsse durch *eine* Linie anzugeben und die Breite bzw. Tiefe anzuschreiben. Entfernungen werden nur abgeschritten. Bei Verkehrswegen wird die Zeit angegeben, die man zur Zurücklegung zwischen Ortschaften und wichtigen Punkten braucht. Da eine Skizze mehr für einen bestimmten Zweck angefertigt wird, so tritt alles in den Hintergrund, was nicht durchaus wichtig ist. Steht eine Karte zur Verfügung, so wird von ihr eine Abzeichnung gemacht, in die dann das hineinskizziert wird, was zur Erledigung des betreffenden Auftrages und zum Verständnis des Berichtes nötig ist. So handelte es sich in beigegebener Skizze (Fig. 47) darum, eine feindliche Sappe zu erkunden und anzugeben,

87

ob und wie stark sie besetzt sei. Die Pfeilrichtung gibt den Weg der Patrouille an. Die Lage des Waldes, der eigenen und der französischen Stellungen war bereits aus Karten abgezeichnet worden, so daß es nur darauf ankam, die Sappe einzuskizzieren.

Soll ein Weg erkundet werden, dann werden die Entfernungen auf ihm abgeschritten und Richtungsänderungen mit dem Kompaß bestimmt. Der Verlauf von seitlich liegenden Wegen, Flüssen, Kulturgrenzen wird nach Augenmaß eingezeichnet, ihr Schnittpunkt mit dem Weg durch Abschreiten eingemessen. Will man in schwierigerem Gelände Höhenangaben machen, so genügt es z. B. an die Erhebungen anzuschreiben, um wieviel sie nach Schätzung höher oder tiefer liegen wie ein besonders hervortretender Punkt. An Ausrüstung braucht man zum Skizzieren also nur: Skizzenpapier, Bleistift, Buntstifte, Gummi und Kompaß.

Fußnoten

1 Auf dem Meere die Tiefen.

2 Vgl. Geodätische Instrumente von Adolf Fennel, Verlag Konrad Wittwer, Stuttgart 1910.

3 Bemerkung: In einem späteren Bändchen der mathematisch-physikalischen Bibliothek soll genauer auf geodätische Messungen eingegangen werden.

4 Damit wird sich ein besonderes Bändchen der mathematisch-physikalischen Bibliothek beschäftigen.

5 Vgl. Rothe, Darstellende Geometrie des Geländes.

6 bei 3 Nullfläche.

7 In der Armee werden auch die Bussolen des Majors v. Bézard und der Firma Breithaupt in Cassel benutzt.

LITERATURNACHWEIS

Berg, Geographisches Wanderbuch. Leipzig, B. G. Teubner. 4 M.

Bézard, Orientierungsaufgaben unter schwierigen Verhältnissen. Wien, Seidel u. Sohn. 1,30 M.

Centraldirektorium der Vermessungen, Bestimmungen über die Anwendung gleichmäßiger Signaturen. Deckers Verlag. 2,50 M.

Die Landmesser und Kulturtechniker in Preußen, ihre Ausbildung, Prüfung, Anstellung, Tätigkeit, Bezahlung. Unter Mitwirkung von Fachgenossen herausgegeben von H. Wolff, kgl. Landmesser und ständiger Assistent an der technischen Hochschule. Berlin 1912, Maaß & Plank. Geb. 2,50 M.

Egerer, Kartenkunde (ANuG. Bd. 601). Leipzig, B. G. Teubner. 1,50 M.

–, Landestopographie (ANuG. Bd. 602). Leipzig, B. G. Teubner. 1,50 M.

–, Kartenlesen. Einführung in das Verständnis topographischer Karten. Stuttgart 1914, Württemb. Schwarzwaldverein. 1,30 M.

Eggert, Einführung in die Geodäsie. Leipzig 1907, B. G. Teubner. 10 M.

–, Erdmessung (ANuG. Bd. 608). Leipzig, B. G. Teubner. 1,50 M.

Fritschi, Feldkunde, dargestellt in Aufgaben und deren Lösung auf der Generalstabskarte. Berlin 1905, Mittler u. Sohn. 2 M.

Generalkommissariat Brandenburg, Die militärische

Vorbereitung der Jugend. Berlin, Mittler u. Sohn. 0,50 M.

Groll, Kartenkunde (Sammlung Göschen). 2 Bde. je 0,90 M.

Hammer, Lehrbuch der elementaren praktischen Geometrie. Bd. I. Leipzig 1911, B. G. Teubner. 24 M.

Hegemann, Das topographische Zeichnen. Berlin, Parey. 5 M.

–, Lehrbuch der Landesvermessung. Bd. I. Berlin 1906, Parey. 13 M.

Hoderlein, Anleitung zum Krokieren, Kartenlesen und zur Geländeerkundung. Nürnberg 1916, Koch. 2,75 M.

Instruktion für die Topographen der topographischen Abteilung der Preuß. Landesaufnahme. Berlin, Mittler u. Sohn. 3 M.

Jordan, Handbuch der Vermessungskunde. Bd. II. Feld- und Landmessung. Stuttgart 1916, Metzler. 26 M.

Kolbe, Geländedarstellung und Kartenlesen. Leipzig, Engelmann. 0,80 M.

Kußmann, Die Terrainlehre, Terraindarstellung und das militärische Aufnehmen, Potsdam, Verlag von Stein. 5,75 M.

Kutzen, Anleitung zur Anfertigung von Krokis, Skizzen und Erkundungsberichten. Berlin 1916, Mittler u. Sohn. 1,50 M.

Leitfaden für den Unterricht in der Feldkunde, im Planzeichnen und Aufnehmen auf den Königl. Kriegsschulen. Berlin 1913, Mittler u. Sohn. 5,25 M.

Lüscher, Photogrammetrie und Stereophotogrammetrie (ANuG. Bd. 610). Leipzig, B. G. Teubner. 1,50 M.

zur Megede, Wie fertigt man technische Zeichnungen?

Berlin, Seydel. 1,80 M.

Meißner, Wie lerne ich eine Karte lesen und wie orientiere ich mich nach derselben im Gelände? Dresden, Heinrich, 1 M.

Näbauer, Grundzüge der Geodäsie. Leipzig 1915, B. G. Teubner. 9 M.

Nivellieren. Formulare und Berechnungen von H. Wolff, kgl. Landmesser und Kulturingenieur, ständiger Assistent an der technischen Hochschule zu Berlin. Berlin 1910, Maaß & Plank. Geb. 2 M.

Reinhertz-Förster, Geodäsie (Sammlung Göschen). 0,90 M.

Riebesell, Mathematik im Kriege. Leipzig 1916, B. G. Teubner. 0,40 M.

Riedel, Kriegsmäßige Vermessungskunde in der Schule. Leipzig, Haase. 0,50 M.

Rothe, Darstellende Geometrie des Geländes. Leipzig 1914, B. G. Teubner. 0,80 M.

Röger, Die Geländedarstellung auf Karten. München 1908, Riedel. 2 M.

Schmid, Jungdeutschland im Gelände. Leipzig 1915, B. G. Teubner. 1 M.

Schulze, Das militärische Aufnehmen. Leipzig 1913, B. G. Teubner. 8 M.

Stavenhagen, Grundriß der Feldkunde (militärische Geländelehre, militärisches Aufnehmen u. Zeichnen). Berlin 1900, Mittler u. Sohn. 5,60 M.

Stiehler, Geländezeichnen für die deutsche Jungmannschaft. Leipzig 1916, Verlag Dürr. Teil I 1,25 M., Teil II 2 M.

Walter, Inhalt und Herstellung der topographischen Karte 1 : 25 000. Gotha 1913, Justus Perthes. 1,20 M.

Werkmeister, Vermessungskunde (Sammlung Göschen). 2 Bde., je 0,90 M.

Zachmann, Das Geländezeichnen im Dienste der Armee. Nürnberg, Koch, 1 M.

Zöppritz-Bludau, Leitfaden der Kartenentwurfslehre. In zwei Teilen. Leipzig 1908 u. 1913, B. G. Teubner. 14,40 M.

Druck von B. G. Teubner in Leipzig.

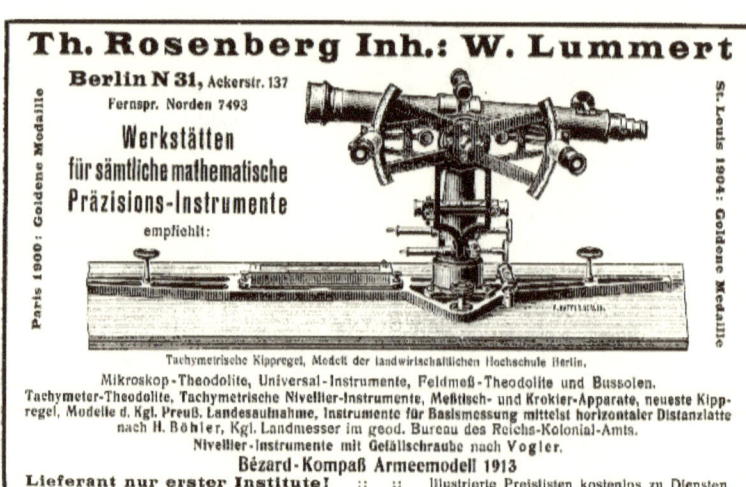

Allgemeine Kartenkunde. Ein Abriß ihrer Geschichte und ihrer Methoden. Von Dr. **H. Zondervan**. Mit 32 Figuren. [X u. 210 S.] 8. 1901. Geh. M. 4.60, geb. M. 5.20.

Das Werk bietet eine vollständige kurzgefaßte Übersicht über das gesamte Gebiet der Kartenkunde, indem es, unter spezieller Berücksichtigung der deutschen offiziellen Kartenwerke, die Geschichte der Kartenkunde, die Topographie, die Kartenprojektionslehre, die Situations- und Terrainzeichnung, die Kartenreproduktion, die Kartometrie und Kartenkritik und die Schulkarten behandelt. Es ist daher für den Offizier wie für den Lehrer der Geographie sowie für jeden, der die Karte oft verwendet, ein unentbehrliches Hilfsmittel.

Kartenkunde. (Aus Natur und Geisteswelt. Bd. 601.) Von Finanzrat Dr. **A. Egerer**. Geh. M. 1.20, geb. M. 1.50.

Die dringende Notwendigkeit, das Verständnis topographischer Karten in weiteste Kreise zu tragen, ist eine der vielen Kriegserfahrungen. So dürfte das vorliegende Bändchen, das in gemeinverständlicher Darstellung die Verwertung der Ergebnisse der Landesvermessung zur Herstellung von Plänen und Karten behandelt sowie den Inhalt und Gebrauch topographischer Karten eingehend bespricht, sowohl für das Heer, für die Jugendwehren, für den Kartenleseunterricht in der Schule als auch sonst für jedermann willkommen sein.

Leitfaden der Kartenentwurfslehre. Für Studierende und deren Lehrer von weil. Prof. Dr. **K. Zöppritz**. Herausgegeben von Prof. Dr. *A. Bludau*. 2 Teile, gr. 8. I. Teil. Die Projektionslehre. Mit 161 Figuren und zahlreichen Tabellen. 3. Aufl. [XII u. 264 S.] 1912. Geh. M. 9.–, geb. M. 10.– II. Teil. Kartographie und Kartometrie. Mit 12 Figuren, 2 Tabellen und 2 Tafeln. [VIII u. 109 S.] 1908. Geh. M. 3.60, geb. M. 4.40.

»Jeder Kartograph, welcher eine Projektion zu entwerfen

hat, wird nunmehr zum neuen Zöppritz greifen; hat er aber diesen durchstudiert, so kann er gar keine andre als die richtige Projektion wählen.«

(Petermanns Mitteilungen.)

Die Abbildungslehre und deren Anwendung auf Kartographie und Geodäsie. Mit 5 Figuren im Text (Sonderabdruck aus der Zeitschrift für mathem. u. naturw. Unterricht, 36. Jahrg.) Von Prof. Dr. **J. Frischauf.** [32 S.] gr. 8. 1905. Geh. M. 1.–

Einführung in die projektive Geometrie. (Math.-physik. Bibliothek, Bd. 6.) Von Prof. Dr. **M. Zacharias.** Mit 18 Fig. [IV u. 51 S.] 8. 1912. Kart. M. –.80.

»Das Büchlein kann dem Lernbegierigen und Lernenden nur angelegentlichst empfohlen werden. Es wird in den Schülerbibliotheken der Oberklassen seinen Platz trefflich ausfüllen, aber auch manchem Kollegen willkommen sein.«

(Deutsches Philologen-Blatt.)

Darstellende Geometrie des Geländes. (Math.-physik. Bibliothek Bd. 14.) Von Prof. Dr. **R. Rothe.** Mit 82 Figuren. [IV u. 67 S.] 8. 1914. Kart. M. –.80.

An einer Karte mit Schichtlinien läßt sich eine Fülle von Aufgaben mit sehr einfachen und elementaren Mitteln graphisch lösen; die zeichnerische Ausführung der zugehörigen Konstruktionen ist meist äußerst leicht, dazu kommt die fast unmittelbare Anwendbarkeit auf praktische Fragen. Vielleicht finden daher neben Primanern und jungen Studierenden und außer den Lehrern der Mathematik auch *Topographen, Kartographen,* Bauingenieure, Geologen, Bergleute in dem kleinen Buche einige Anregung.

Landestopographie. (Aus Natur und Geisteswelt Bd. 602.) Vom Finanzrat Dr. **A. Egerer.** Geh. M. 1.20, geb. M. 1.50.

Das militärische Aufnehmen. Unter besonderer

Berücksichtigung der Arbeiten der Kgl. Preußischen Landesaufnahme nebst einigen Notizen über Photogrammetrie und über die topographischen Arbeiten Deutschland benachbarter Staaten. Nach den auf der Kgl. Kriegsakademie gehaltenen Vorträgen bearbeitet von Generalmajor **B. Schulze**. Mit 129 Textabbildungen. [XIII u. 305 S.] gr. 8. 1903. Geb. M. 8.–

Ausgleichsrechnung. Von Prof. Dr. **E. Hegemann**. (Aus Natur u. Geistesw. Bd. 609.) Geh. M. 1.20, geb. M. 1.50.

Erdmessung. Von Prof. Dr. **O. Eggert**. (Aus Natur und Geisteswelt Bd. 608.) Geh. M. 1.20, geb. M. 1.50.

Verlag von B. G. Teubner in Leipzig und Berlin

Lehrbuch der Vermessungskunde. Von Geh. Reg.-Rat Professor Dr. A. Baule. 2., erweiterte und umgearb. Auflage. Mit 280 Figuren. [VIII u. 471 S.] gr. 8. 1901.

Geb. M. 8.80

Lehrbuch der praktischen Geometrie, bearbeitet für den Unterricht an den Hoch- und Tiefbauabteilungen der Baugewerkschulen und technischen Mittelschulen, sowie für den Gebrauch in der Praxis. Von Dr. M. Doll und Regierungsbaumeister Prof. P. Nestle. 2., erweiterte und umgearbeitete Auflage. Mit 145 Figuren im Text. [VII u. 164 S.] gr. 8. 1905.

Geh. M. 3.20, geb. M. 3.80

Lehrbuch der Vermessungskunde, Feldmessen und

97

Nivellieren. Von Professor Dr. E. Hammer. Mit 500 Textfiguren. [XIX u. 766 S.] gr. 8. 1911.

Geh. M. 22.–, geb. M. 24.–

Geodäsie. Eine Anleitung zu geodätischen Messungen für Anfänger mit Grundz. der Hydrometrie u. der direkten (astronomischen) Zeit- u. Ortsbestimmung. Von Professor Dr. H. Hohenner. Mit 216 Figuren. [XII u. 347 S.] gr. 8. 1910.

Geb. M. 12.–

Grundzüge der Geodäsie. Von Professor Dr. M. Näbauer. (Handbuch der angewandten Mathematik. Herausgeg. von H. E. Timerding. Bd. 3.) Mit 277 Textfiguren. [IX u. 420 S.] 8. 1915.

Geh. M. 9.–, geb. M. 9.60

Feldmessen und Nivellieren. (Der Unterricht an Baugewerkschulen. Bd. 13.) Von Professor G. Volquardts. 3. Aufl. Mit 38 Figuren. [IV u. 36 S.] gr. 8. 1913.

Steif geh. M. –.80

Geonomie. (Die Kultur der Gegenwart, ihre Entwicklung und ihre Ziele. Herausgegeben von Prof. P. Hinneberg, Teil III, Abt. III. Bd. 4.) Unter Redaktion von † J. B. Messerschmidt und Prof. Dr. H. Benndorf. In Vorb.

Kröhnkes Taschenbuch zum Abstecken von Kurven auf Eisenbahn- und Wegelinien. 15. Auflage, bearbeitet von Regierungsbaumeister R. Seifert. Mit 15 Abbildungen. [VIII u. 119 S.] 8. 1911.

Geb. M. 2.–

Geologie (einschließlich Petrographie). (Die Kultur der Gegenwart, ihre Entwicklung und ihre Ziele. Herausgegeben von Prof. P. Hinneberg, Teil III,

Abt. III, Bd. 5.) Unter Redaktion von Prof. Dr. A. Rothpletz. In Vorb.

Elemente der darstellenden Geometrie. (Teubners Leitfäden f. d. math. u. techn. Hochschulunterricht.) Von Professor Dr. M. Großmann. Mit 134 Fig. [V u. 84 S.] 8. 1917.

Geb. M. 2.–

Elemente der darstellenden Geometrie. Von Geh. Reg.-Rat Prof. Dr. R. Sturm. 2., umgearb. und erweit. Auflage. Mit 61 Figuren und 7 lithogr. Taf. [V u. 157 S.] gr. 8. 1900.

Geb. M. 5.60

Lehrbuch der darstellenden Geometrie für Technische Hochschulen. Von Prof. Dr. E. Müller. In 2 Bdn. gr. 8. I. Bd. Mit 273 Fig. u. 3 Taf. [XIV u. 368 S.] 1908. Geb. M. 12.– II. Bd. 1. Heft. Mit 140 Fig. [VIII u. 129 S.] 1912. Geh. M. 4,40. 2. Heft. Mit 188 Fig. [VII u. S. 129–361 u. X S.] 1916.

Geh. M. 8,40. Heft 1 u. 2 zusammen geh. M. 12.80, geb. M. 14.–

Darstellende Geometrie. (Aus Natur und Geisteswelt Bd. 541.) Von Oberlehrer P. B. Fischer.

Geh. M. 1.20. geb. M. 1.50

Darstellende Geometrie. (Teubners Leitfäden f. d. math. u. tech. Hochschulunterricht.) Von Professor Dr. M. Großmann. Mit 109 Figuren. [VI u. 137 S.] 8. 1915.

Geb. M. 2.80

Darstellende Geometrie. (Handbuch der angew. Mathem., hrsgg. von H. E. Timerding Bd. 2.). Von Professor Dr. J. Hjelmslev. Mit 305 Abb. [IX u. 320 S.] 8. 1914.

Geh. M. 5.40, geb. M. 6.–

Geometrische Experimente. Von Prof. Dr. J. Hjelmslev. Aus

d. Dänischen von Oberl. A. Rohrberg. Mit 56 Fig. i. Text. [IV u. 68 S.] gr. 8. 1915.

Geb. M. 2.40

Maße und Messen. (Aus Natur und Geisteswelt Bd. 385.) Von Dr. W. Block. Mit 34 Abbildungen. [IV u. 112 S.] 8. 1912.

Geh. M. 1.20, geb. M. 1.50

Grundzüge der Perspektive nebst Anwendungen. (Aus Natur und Geisteswelt Bd. 510.) Von Prof. Dr. K. Doehlemann. Mit 91 Figuren und 11 Abbildungen. [IV u. 104 S.] 8. 1916.

Geh. M. 1.20, geb. M. 1.50

Projektionslehre. (Aus Natur und Geisteswelt Bd. 561.) Von Zeichenlehrer A. Schudeisky.

Geh. M. 1.20, geb. M. 1.50

Leitfaden f. d. neuzeitlichen Linearzeichenunterricht. Handbuch für den Lehrer. Bearbeitet von Zeichenlehrer A. Schudeisky. Mit 118 Abbildungen im Text und 36 Tafeln. [VIII u. 81 S.] 4. 1916.

Geb. M. 4.80

Geometrisches Zeichnen. (Aus Natur u. Geisteswelt Bd. 568.) Von Zeichenl. A. Schudeisky.

Geh. M. 1.20, geb. M. 1.50

Verlag von B. G. Teubner in Leipzig und Berlin

Allgemeine Geologie. Von Geh. Bergrat Prof. Dr. Fr. Frech. 6 Bände in 1 Band geb. M. 9.– Mit zahlr. Abb. 2.

bzw. 3. Aufl. Jeder Band geh. M. 1.20, geb. M. 1.50

I: Vulkane einst und jetzt. II: Gebirgsbau und Erdbeben. III: Die Arbeit des fließenden Wassers. IV: Die Arbeit des Ozeans u. die chem. Tätigkeit des Wassers im allgemeinen. V: Steinkohle, Wüsten und Klima der Vorzeit. VI: Gletscher einst und jetzt.

»Wir kennen in der Tat kein Werk, das in Wort und Bild sich so eignet zur Einführung in die allgemeinen Forschungen der Geologie.«

(Bayer. Kurier.)

Geologie (einschließlich Petrographie.) (Die Kultur der Gegenwart, hrsg. von Prof. P. Hinneberg Teil III, Abt. 3. Bd. 5.) Bandredakteur Prof. Dr. A. Rothpletz. Bearbeitet von A. Bergeat, J. Königsberger, A. Rothpletz. (U. d. Pr.)

Lehrbuch der Geologie und Mineralogie für höhere Schulen. Von Prof. Dr. P. Wagner. Große Ausg. f. Realgymn. u. Oberrealsch. sowie zum Selbstunterr. 4. u. 5. Aufl. Mit 316 Abb. u. 4 Taf. In Leinw. geb. M. 2.80. Kl. Ausg. f. Realsch. u. Seminare. 4. u. 5. Aufl. Mit 271 Abb. u. 3 Farbentafeln. In Leinw. geb. M. 2.40

»... Ein Buch, das in sechs Jahren fünf Auflagen erlebt, das auch in der Hand bedeutender Forscher steigende Wertschätzung erfährt, hat die Feuerprobe auf seine Brauchbarkeit *glänzend* bestanden ...«

(Dtsch. Handelsschul-Lehrer-Zeitg.)

Geologische Wanderungen am Schwäbischen Meere. Ein methodischer Beitrag zur Heimatkunde. Von Dir. Prof. K. G. Volk. Mit 14 Abb. Geh. M. 1.–

»Wir wüßten kein besseres Werk, das als Vorbild dazu dienen könnte, wie jeder seine geologische Heimatkunde treiben soll.«

Geologisches Wanderbuch. Von Dir. Prof. K. G. Volk. I. Teil. Mit 169 Abb. M. 4.– II. Teil. Mit 269 Abb. M. 4.40

»Das Buch ist eine herzhaft geschriebene populäre praktische Geologie der deutschen Mittelgebirge. Was es besonders sympathisch macht, ist, daß es sich nicht auf Beschreibungen allein verläßt, sondern Anleitung mit Winkelmesser und Meßtischblatt im Feld und daheim zu physikal.-chem. Versuchen gibt.«

Unsere Kohlen. Von Bergassessor P. Kukuk. Mit 69 Abb. Geh. M. 1.20, geb. M. 1.50

»Eine vortreffliche Darstellung alles Wissenswerten über die Kohlen mit Einschluß des Torfes ... Die Textfiguren sind vorzüglich, die Karten und die Formationsgliederung des Carbons sehr übersichtlich.«

Die deutschen Salzlagerstätten. Ihr Vorkommen, ihre Entstehung und die Verwertung ihrer Produkte in Industrie und Landwirtschaft. Von Dr. Carl Riemann. Mit 27 Abb. Geh. M. 1.20, geb. M. 1.50

Behandelt die Entstehung der Salzlagerstätten, die Gewinnung der verschiedenen Salze, deren Verarbeitung und Verwendung in Landwirtschaft und Industrie.

Schichtenfolge Mitteldeutschlands. Zu Tabellen zusammengestellt für den Gebrauch auf geol. Wanderungen. Von Dr. Th. Brandes. Kart. M. –.50

»Ein Heft, das in die Tasche jedes Wanderers gehört, der sich für Geologie interessiert. Es ist ein praktisches

»Vademekum« für Geologen und verdient weiteste Verbreitung.«

(*Die Mittelschule.*)

Beiträge zur Kenntnis der Eiszeit im Kaukasus. Von Privatdozent Dr. A. von Reinhard. Mit 1 Karte, 9 Abb. u. 9 Profilen auf 3 Tafeln. Geh. M. 6.–

»Verf. hat während 4 Jahren das Kaukasusgebirge durchforscht und vor allem die Teile, über die noch wenig zusammenhängende Beobachtungen vorlagen. Wir erhalten somit einen guten Überblick über die Gesamterscheinung.«

(*Geolog. Rundschau.*)

Die erklärende Beschreibung der Landformen. Von Prof. W. M. Davis und Privatdozent Dr. A. Rühl. Mit 212 Abb. u. 13 Tafeln. Geh. M. 11.–, in Leinw. geb. M. 12.–

»Die erklärende Beschreibung der Landformen ist in dem vorliegenden Werke mit großer Ausführlichkeit und Anschaulichkeit behandelt Zahlreiche Diagramme und Skizzen, von Davis selbst entworfen, erläutern das Werk, das dem Fachmann wie dem Laien eine Fundgrube von Anregung darbietet.«

(*Deutsche Literaturztg.*)

Grundzüge der Physiogeographie. Von Prof. W. M. Davis und Prof. Dr. G. Braun. Mit Abb. 2. Aufl. in 2 Teilen: I. Teil: Der Erdkörper als Ganzes, seine Atmosphäre, Hydrosphäre und Litosphäre. [U. d. Pr.] II. Teil: Morphologie. Zum Gebrauch beim Studium und auf Exkursionen. Von W. M. Davis und G. Braun. Mit 94 Abb. u. einer Tafel. Geh. M. 5.–

»Meisterhafte kleine Skizzen unterstützen die

Auffassung in einzigartiger Weise. Es unterliegt keinem Zweifel, daß dieses Buch sich in kurzer Zeit einen großen Freundeskreis erwerben wird.«

(Natur.)

Praktische Übungen in physischer Geographie. Von W. M. Davis. Deutsch hrsg. von Prof. K. Östreich. [Unter der Presse.]

―――――――――

Verlag von B. G. Teubner in Leipzig und Berlin

―――――――――

Geographisches Wanderbuch

Von Dr. A. *Berg.* Ein Führer f. Wandervögel u. Pfadfinder. Mit 193 Abb. Geb. M. 4.–

»Geweckte Schüler werden an der Hand des Verfassers zu Wanderkünstlern ausgebildet. Jedem Leiter von Wanderungen kann das Buch zu einer Fundgrube gewinnreicher Ausflüge werden. Es ist eine treffliche Anleitung zu kriegsgemäßen Aufnahmen im Gelände und kann auch Leitern militärischer Lehrgänge und Jugendkompagnien gute Dienste leisten.«

(Monatsschrift für das Turnwesen.)

Jungdeutschland im Gelände

Unter Mitarbeit von E. Doernberger, R. Loeser, M. Sassenfeld, Chr. C. Silberhorn hrsg. von Prof. Dr. *Bastian Schmid.* Mit 2 Karten und 36 Abb. Kart. M. 1.– 10 Expl. je 95 Pf., 25 Expl. je 90 Pf., 50 Expl. je 85 Pf., 100 Expl. je 80 Pf.

Das Bändchen stellt sich in den Dienst der

körperlichen und auch militärischen Ausbildung unserer 14–18jährigen. Von bestbekannten Fachmännern werden die Gesundheitspflege im Gelände sowie die erste Hilfeleistung, die geographischen, geologischen und biologischen Grundtatsachen des Geländes, die Meteorologie im Dienste des Geländes und die militärischen Übungen im Gelände behandelt.

Kriegsspiele

Anleitung zu Felddienstübungen der Jugend. Entworfen von Prof. Dr. *Karl Tittel*. 2. Auflage. Mit 21 Abbildungen auf 9 Tafeln und einer Winkertafel. Kart. M. 1.20

Auf den Erfahrungen, die bei zahlreichen Kriegsspielen im Gelände gesammelt worden sind, beruhend, bietet das Büchlein erprobte Vorschläge über Anlage und Durchführung solcher Spiele sowie 36 dem »kleinen Kriege« entnommene Aufgaben als praktische Beispiele.

Geländespiele

Den Söhnen unseres Vaterlandes zugedacht von Seminaroberlehrer *Paul Georg Schäfer*. 5. Auflage. Mit Abbildungen. Kart. ca. M. –.80

»Das Büchlein ist nach Inhalt und Darstellung gleich vorzüglich, turnerisch frisch lebendig und anregend. Es sollte keiner Schule und keinem Klassenlehrer fehlen, der sich auch um die körperliche Entwicklung seiner Jugend bekümmern will.«

(Jahrbuch der Turnkunst.)

Soldaten-Mathematik

Von Studienrat Prof. Dr. *A. Witting*. Mit 37 Fig. Steif geheftet M. –.80

Mathematik im Kriege

Von Oberlehrer Dr. *P. Riebesell*. Mit 34 Abb. (Deutsche Feld- und Heimatbücher, hrsg. v. Rhein-Main. Verband f. Volksbildung, Heft 1.) St. geh. M. –.40

Da die Mathematik die Grundlage der Technik ist, so verfolgt das kleine Buch hauptsächlich den Zweck, das Verständnis für die naturwissenschaftliche Seite der Kriegstechnik zu fördern. Die mathematischen Grundlagen des Schießdienstes und die Hilfsmittel zur Orientierung im Gelände, zur See und in der Luft werden von einem bekannten Fachmann ausführlich dargestellt.

Erlebnisse eines Kriegsfreiwilligen mit Nutzanwendungen für die deutsche Jugend

Von Direktor *H. Sturm*. Mit 3 Tafeln und 32 Abbildungen. Geh. 80 Pf. 10 Expl. je 75 Pf., 25 Expl. je 70 Pf., 50 Expl. je 65 Pf., 100 Expl. je 60 Pf.

Das Büchlein, bestimmt, der militärischen Ausbildung der Jugend zu dienen, ist aus eigenen kriegerischen Erlebnissen des Verfassers inmitten einer Schar von jungen Kriegsfreiwilligen heraus entstanden und bietet so den durch die ministeriellen Richtlinien begrenzten Stoff in der lebendigen Form des Kriegserlebnisses und damit zum erstenmal in einer den heutigen pädagogischen und körpererziehlichen Anforderungen entsprechenden Weise der Jugend dar.

—————————

Verlag von B. G. Teubner in Leipzig und Berlin

—————————